ほんとうの
自分を生きるって
どんなこと？

ウニピリのおしゃべり

吉本ばなな
平良アイリーン

講談社

ウニヒピリのおしゃべり

ほんとうの自分を生きるってどんなこと？

ウニヒピリのおしゃべり
ほんとうの自分を生きるってどんなこと？

もくじ

第二章 ❀ 自分らしい仕事・生き方

第四章 ❀ 矛盾のない生き方

第五章 ❀ ほんとうの自分を生きるために

吉本ばなな短編小説

ウニヒピリ

自分の中の
小さな子ども

由美子が遊びに来たのは、気持ちよく晴れた初夏の午後だった。

私の部屋は午後の陽当たりがよすぎるほどだ。あけはなした窓の外の小さなベランダは、花を終えたジャスミンの葉がジャングルみたいに茂っていた。

一人暮らしの小さな部屋だけれど、初夏にこの窓辺に座ってむんむんする花や緑の匂いをかいでいると、あまりの豊かさにもうずっとこのままでいいと思うことがある。だれともいっしょに暮らさなくていいと。

でも一方では、どこか遠くに住んでいる、まだ見ぬわけのわからない人と急に出会って、人生がわけがわからない方向に流されてしまえばいいのにと思う。ベランダの花の世話も忘れ、部屋の掃除を忘れて、恋のことばかり考えながら裸で部屋に寝転んでみたい。

恋しいのは恋ではなくて、あのときのホルモンの状態だし、求めているのは意外性だけで、もはやそれだけが私を動かすような気がする。

こういうことを飲みながら夢みがちにぶつぶつ言うと、実際にそういう行動をした（東京で生まれ育って、沖縄で恋をして、今は両親と夫とともに那覇に移住し、女の子を産んだ）由美子は「考えすぎ」とか「頭でっかち」といつも言う。実際は、どこに行っても面倒なことや面倒な人や日常や生活があるだけなんだよ、と。それに恋をしてないのは、私だっておんなじだって。

それもそうだよね、まあいつでもどこでも本人次第っていうことだよね、と私は言う。それに、その歳でないと味わえないすてきなことっていつでもあるよね。

恋ばっかりしていた私は、こんなふうに自分の窓辺を整えて満足する気持ちも、高いワインを飲みながら街を眺める余裕もなかった。恋というフィルターがかかっているだけの粗雑な世界を世界だと思っていた。

昔、私の百倍くらい遊んでいた由美子は子どもが産まれる前に犬を衝動買いしたけれど、なんだかんだ言ってもう十年も飼っているし、結婚してから急に叶姉妹みたいなゴージャスなグラデーションをつけて髪の毛を染めたし、今日もゴールドのラメの靴下をはいてきたし（沖縄では靴下はあんまりいらないから、嬉しくてさっきつい渋谷で買ったそうだ）、ある意味私よりもずっと自由だと思う。

ある意味では、そうやって欲望を小出しにしているから、毎日が退屈じゃないのだろう。

由美子は子どもと犬を那覇に住む両親にあずけてきたので、ものすごくのびのびしていた。今夜はなんとかいうシェフが西麻布に新しく作ったイタリアンの店にごはんを食べに行って、そのあと大人向けのイベントがあるクラブか、昭和歌謡バーに行こうと言って、一生懸命雑誌を見たり、勝手に電話して予約をしたりしていた。私はその後ろ姿を懐かしく眺めていた。よくこんなふうに土曜日の午後をいっしょに過ごしたな、二日酔いで。

「なんにでもつきあうけどさ、明日仕事休みだし。」

私は言った。

「彼氏もいないし、今。」

去年、三十五になったときに、昔からつきあっていた編集者の恋人と別れた。彼には妻がいたので、なんだかもういやになってしまい、自分から言った。別にその人がいやになったとか、だれかと結婚したいとか、子どもがほしいとかではなく、とにかく飽きた。三十過ぎて、実家は東京で、親は健在で、恋人には妻がいて子どもはなく、仕事の合間に彼に会ってごはんを食べたりたまにここに泊まったりする、その全く予想を超えない生活のもやみたいなものがぼや〜んと自分や自分の将来を覆っている、そのことに飽きた。このまま いくと、予想のもやが私を覆い、私から養分を吸い取り、意外なことがなにもない人生になってももう抜け出すのも大変になってしまう、そんな気がして、手近なところから変えてみた。

意外に悲しくなく、気晴らしで那覇の由美子のところに泊まりにいって、子どもと遊んだりホテルのプールでばかみたいに泳いだりしたら、あんな人はいなかったのではないか、と思うくらいにさっぱりとした。たまに疲れて帰るときに「彼と一杯飲めたらな」と思ったり、羽田や東京駅で「ここをふたりでよく歩いたな」と涙がにじむくらいだった。悲しみさえももやの中にあって、鋭く尖ったきわどいものではちっともなかった。

由美子は学生のときのままの猫背な独特の姿勢で、私の部屋でいちばん立派なベネチアンミラーの前にあぐらをかいて、アイラインを念入りに描いていた。

彼女がいちばん好きで昔から持っているアンリ・キュイールの大きなバッグが開けっ放しになっていて、バッグの口をとめているきれいなアフリカンビーズがぽろぽろっとキャンディのように見えていた。中にはキラキラしたものがいっぱい入っている。淡い縁取りの鏡だとか、花柄のポーチだとか、金髪の小さな女の子の人形だとか、木でできた太いブレスレットだとか、イギリスの女の人が自分のキッチンで創ったという甘いリップスクラブだとか。

「由美子、相変わらず、いろんなものが入ってるね。かばんに。」

私は言った。

「ウニヒピリのためにね。」

由美子はこちらをふりむかずに言った。

あまりにも意外な、知らない言葉が返ってきたので、私はなにがなんだかわからず、鏡の中でけげんな顔をしてみせた。鏡の中で、ふたりの目があった。彼女の目は子どものようだった。

「なにそれ。」

私は言った。

「ハワイ語？　なんか宗教にでも入った？」

由美子は首を振った。

「ううん。知り合いが貸してくれた本に、書いてあったの。内容はむつかしくってよくわかんなかったけど、そこんところだけ妙に納得しちゃって。それは、私の中にいる、昔から、どんなときでもいっしょにいる、小さい女の子。その子が退屈しないように、その子が好きなものを持って歩いている。」

「頭は大丈夫?」

私は言った。

「そういう質問をすること自体が大人くさくて心配。」

由美子は笑った。

「これがいちばんの近道なんだよ、実は。」

「キラキラしたおもちゃを持って歩くことが?」

私は言った。

「心理学的にも正しいと思うよ。だって、あんたがいつもしてる、そのトカゲの指輪だって、その小さい子の乗り物なのかもしれないよ。」

由美子は言った。

「なるほど。つまり、深層意識をなぐさめるっていうこと?」

私は言った。由美子は深くうなずいた。

「そういうこと。私たちがいくら年をとっても、その女の子はお腹の底にいる。そして、いつもないがしろにされてきたから、いつでも淋しがっている。顔が笑って心が泣いているようなとき、好きでもない男と寝ちゃったとき、自分の周りの人の世話をしても自分が世話をしてもらえないとき、その子はいつも小さく縮こまっている。だから、いつもその子のために、その子が喜ぶものを持って歩いたり、選んだりするだけで、人生の可能性がほぼ無限と言っていいほど広がるのよ。ほんとなんだってば。おまじないじゃないよ。」

「じゃあ、私がいつも砂糖漬けのしょうがをなんとなく持って歩いて、口淋しいとき食べたりするのも、すごく楽しかった高知旅行のときにお店でもらったボールペンをなんとな～くお守り代わりに持って歩いているのも、それに似たこと？」

私は言った。

「そうそう、役にたたないものほど、その子は喜ぶんだよ。今度自覚してやってごらん。」

由美子は言った。

「その、なんとなくっていうものなのが、何にも増して重要なんだよね。」

ぱっちりとメイクをした由美子はやっぱり昔よりも確実に老けていて、それが私の胸をきゅんとさせた。もっと若くてぱつんぱつんでつやつやのまだ子どもを産んでない由美子と、もっと狭い部屋で、こんなふうに夜を待った思い出が、また体の記憶として生々しくよみがえってきた。

どうして私たちはキラキラするものを買ったりするのか、どうして携帯電話にいろいろなストラップをつけるのか、去年のアイシャドウを捨てて新しいのを買いたくなるのか、机の上に役にたたないものをいっぱい集めて眺めるのか。

男の人たちだってそうだ。どうしていろいろなものを集めて、眺めて、使って、こだわって、並べるのか。今の自分のためだけじゃないような気がする。私たちから見ておもちゃとしか言えないものを、自分の中に住む小さな男の子のために、収集しているに違いない。

それがもし、自分の中の小さな子どもをはげまし、なぐさめ、喜ばせるためだとしたらなんてすてきなことだろうと私は思った。その子どもは私固有のものではなく、太古の昔からだれの中にもひそんでいて受け継がれてきたなにかで、たえまなくその子どもをあたためつづけることで、私たちは人類の歴史そのものを癒しているのかもしれない。

「由美ちゃんはそれでなにかが変わったの？　その本、私も読もうかな。」

私はたずねた。

床にごろんと寝転んで、陽の光の中で猫みたいに髪の毛を金色に透かして、由美子は言った。

「うん、なんかね、自分が大きなものに包まれていて、ひとりぼっちじゃないって感じがする。宗教みたいだけどね。それで、なんていうのかなあ、私、淋しくなくなった感じがする。ひとりでいても。本で読んだときは、ただ読み流しちゃった。それがしみてきたのは、べつのとき。うちの子が、小さなバッグに、役にたたないものをつめて出かけるのを見たとき、はっとして、さとったの。」

由美子がそう言っている顔は、すっかりお母さんの顔だった。

「いつもそうなの、子どもは、どの子だって、ビーズや、好きな絵本や、偽のコインでバッグをぱんぱんにしてる。私ね、はじめそれをとがめようと思った。むだだからやめなさいって。でも、もしかして、これってそういうことなのかなってある日思った。こんな小さな子たちの中にも、ほんとうのことしか言わない小さな子どもがいて、子どもたちは本能的にそれぞれのその子をケアしてるのかなって。もしかしてうんと大事なことなのかもしれないなって。私、もう大人だし、子どももいるから、むだなものをバッグに入れるのよそうって思ってたんだ。キャンディや、キラキラのキーホルダーも重いだけだし、たまっていくしって。でも、今は違うよ。むだなものがいちばんキラキラしていて、人生はそういうのを食べたがってるってわかってるんだ。」

時は流れている。

私は思った。私も、キラキラしたものをいっぱいかばんにつめて、旅をしていこう。人生の海を、その小さい子と手に手をとって、航海していこう。舵をとるのは心だけ、真実を知っているのはその小さい子の瞳だけ。そんなふうに。

＊この短編小説は、『Grazia（グラツィア）』（講談社２０１０年８月号No.173）にて『ウニヒピリ　ホ・オポノポノで出会った「ほんとうの自分」』（サンマーク出版／イハレアカラ・ヒューレン、ＫＲ／著　平良アイリーン／インタビュー）の感想として書かれたものです。

はじめに

平良アイリーン

冒頭の小説は、今から九年前、『Grazia（グラツィア）』（講談社）という雑誌に吉本ばななさんが寄稿された短編小説です。

この雑誌が発売されたとき、私自身も「ホ・オポノポノ」を実践しはじめていましたが、ウニヒピリ（潜在意識、内なる子ども）が聞かせてくれる本音のようなものは、相変わらず聞こえないフリをしていました。

そんな中で出会ったのがこの小説です。主人公が少しずつウニヒピリの存在に気づいていく様子がリアルで、心強く愛しく私の心に映ったのです。ウニヒピリはどんなときも、私とともに生きていることを忘れないよう、お守りのように時折読み返してきました。

吉本ばななさんのご著書に出会ったのは十歳のとき。当時よく一人で通っていた近所の図書館で、なにげなく手に取ったのが『TUGUMI(つぐみ)』(中公文庫)でした。

当時、自分の思いと現実との調和がなかなかうまくとれずもがいていた私は、登場人物たちの心の動きや選択の一つ一つに深く癒やされました。

それから今日まで、世界中にいる「吉本ばななファン」の一人として、ばななさんが書かれる言葉一つ一つとともに生きてきたのです。


日本でホ・オポノポノのクラスが開催されるようになった十数年前、東京の会場に吉本ばななさんはいらっしゃいました。

大好きな作家が目の前にいらっしゃるにもかかわらず不思議と緊張はせず、ばななさんのピュアな存在感に、「あ、これがつながるということなんだ」と感じたのです。

ホ・オポノポノで言うところの過去の記憶をクリーニング(おそうじ)することで、このように完璧なタイミングで、自分にとって、ほんとうに大切な情報や人が何の摩擦もなく一つになっていく。その大きな流れ全体に触れたような、不思議な感覚を持ちました。

それ以来、ばななさんとお話しさせていただくようになったのです。

ばななさんは、エゴや常識からではなく、相手を命ある生き物として関わり、人が知らず知らずのうちにこの世界に蓄えてしまう心の淀みや嘘（ホ・オポノポノではそれを『記憶』と表現しています）を、いつも、愛が深いからこそ、鋭くも、真実の言葉で気づかせてくれる方です。

「愛か記憶、二つのうち一つしか私たちは選べないんだよ」と、ホ・オポノポノを世界に広めたヒューレン博士はいつもおっしゃいますが、ばななさんといると、いつどんなときも、自分が今どちらを選んでいるのかがはっきりわかってしまうのです。

でも、どちらを選択しているのかが明確になればなるほど、「ほんとうの自分」がどんどん生きやすくなり、日々の生活が自然に、そして自由に変化していきました。

とはいえ、自分に嘘をつき、人に良く思われたいというこれまでのクセがなかなか外せないこともありますし、「ほんとうの自分」が明確になればなるほど、これまでの人生で起きた出来事、その都度自分をないがしろにし、周りを傷つけてきたことに再度向き合う機会を与えられます。

それはなかなかに苦しく、逃げ出したくなったり、もうまったく別の自分として生まれ変わろうと、逆に頑張りすぎたりして、七転八倒することもあります。

この本の対談は、ちょうど私がそんな状態のときに行われたものでした。正に私の「人生棚卸しイベント」そのもの。

対談の中で、今、そしてこれまでの私がなぜこうであるのか、それを美化したり、卑下したりしそうになるたびに、ばななさんのタフラブ（tough love／愛のムチ）に、「あ、また記憶が再生している！」と気づかされ、自分のウニヒピリと再会し、かけがえのない今に戻ってくる。

その繰り返しの中で、クリーニングが進んでいく流れそのものが、本書には記録されていると思います。

みなさんがもし、「自分らしくないな」「いま不自由だな」と感じていたら、何気ないことでもおしゃべりするようにウニヒピリの声を聞いてみませんか？

そうすることで、いつでも、どんなときでも、自分へと帰ることができる。そんなホームベースへの帰り方を、ウニヒピリは教えてくれます。

この本をお手に取ってくださり、ありがとうございます。

Peace of I

ホ・オポノポノってなに？

「ホ・オポノポノ」とはハワイ語で「過ちを正す」という意味。アンバランスを正し、もともとの完璧なバランスを取り戻す、古代ハワイから伝わる問題解決法です。

これを、ハワイ人間州宝に認定された伝統医療のスペシャリスト故モーナ・ナラマク・シメオナ女史が、人を介さず、誰でも自分一人で実践できるように進化させたものが、セルフ・アイデンティティー・スルー・ホ・オポノポノ（現在の正式名称）です。

おもな実践法は、私たちが溜め込んだ記憶を消去「クリーニング」することです。

ホ・オポノポノ実践の鍵となるのが、記憶の保管庫である「ウニヒピリ」です。

インナーチャイルドとも呼ばれ、小さいころの記憶だけではなく、宇宙がはじまった瞬間から今現在のあらゆる記憶までも蓄えています。

あなたの性格やクセは、すべてこのウニヒピリが保管する記憶によるもの。

たとえば、ウニヒピリが見せてくれる記憶再生のサインはこんな感じです。

今、どんな事柄や仕事に興味があるのか。どんなことに傷つき、怒りを感じるのか。なぜ自分はあの歌手が好きなのに、別の歌手にはそんなに興味がないのか。

家族の中での立ち位置も、今の職場も、住まいも、友達に言われた一言が気になる理由も、お金との付き合い方も。

喋り方も、緊張したときにしてしまうクセなども……。

ウニヒピリが膨大に溜め込んできた「記憶」が再生されるごとに、私たちは今、体験としてそれを知覚します（27ページ3）。そこで「記憶」をクリーニングすることで、自分が神聖なる存在「ディヴィニティ」（27ページ1）から本来与えられている、**自分にとって完璧な情報を、インスピレーションとして受け取ることができるのです。**

記憶から解放されると、本来の自分を通して、自分らしい真の豊かさや人間関係、そして心と体の健康を取り戻すことができます。

ですから、あなたがウニヒピリの声を聞き、自分をないがしろにせず大切に扱い、クリーニングを実践していくことで、不必要な記憶は消去され、「ほんとうの自分」を取り戻し、あなたのリズムとペースで、あなたにしかない才能を発揮して生きていくことができます。

ウニヒピリのケアこそが、最高のクリーニングなのです。

クリーニングの一つに、代表的な四つの言葉を唱える方法があります。

問題を体験するときに、これを心の中で唱えることで、記憶は消去されます。

ありがとう
ごめんなさい
許してください
愛しています

問題を体験したときのみならず、日々の生活を通して、自分自身を毎瞬、毎瞬クリーニングしていくことで、過去の記憶から解放され、今この瞬間、ほんとうの自分を生きること、それがホ・オポノポノです。

「わたし」

「わたし」という意識は「３つのセルフ（２～４）」と
「ディヴィニティ（１）」から成り立ちます。

1 ディヴィニティ（神聖なる存在）
2
アウマクア
（超意識）
常にディヴィニティと
繋がり
インスピレーションを
届けてくれる部分
3
ウハネ（表面意識）
私たちが日常で知覚している部分。
ウニヒピリに対して母親のような存在
4
ウニヒピリ（潜在意識）
宇宙がはじまったときからの膨大な記憶が蓄積され、
毎秒膨大な記憶が再生されている

クリーニングをする前

記憶が再生され、ディヴィニティとの繋がりが断たれ、
心がアンバランス。インスピレーションも受け取れない状態

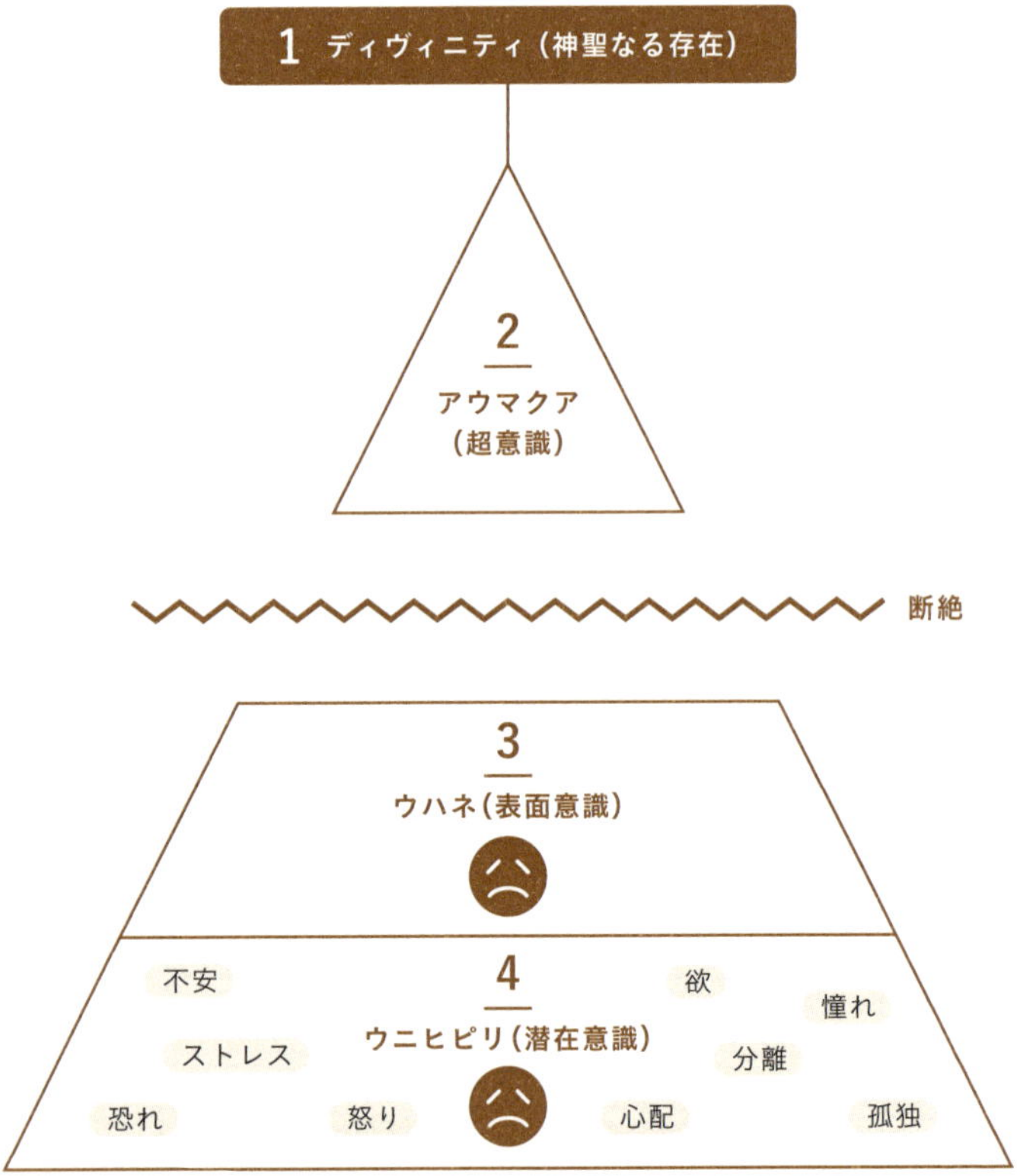

クリーニングをすると

記憶から解放され自由な状態。ディヴィニティとの繋がりが戻り、
インスピレーションを受け取ることができる

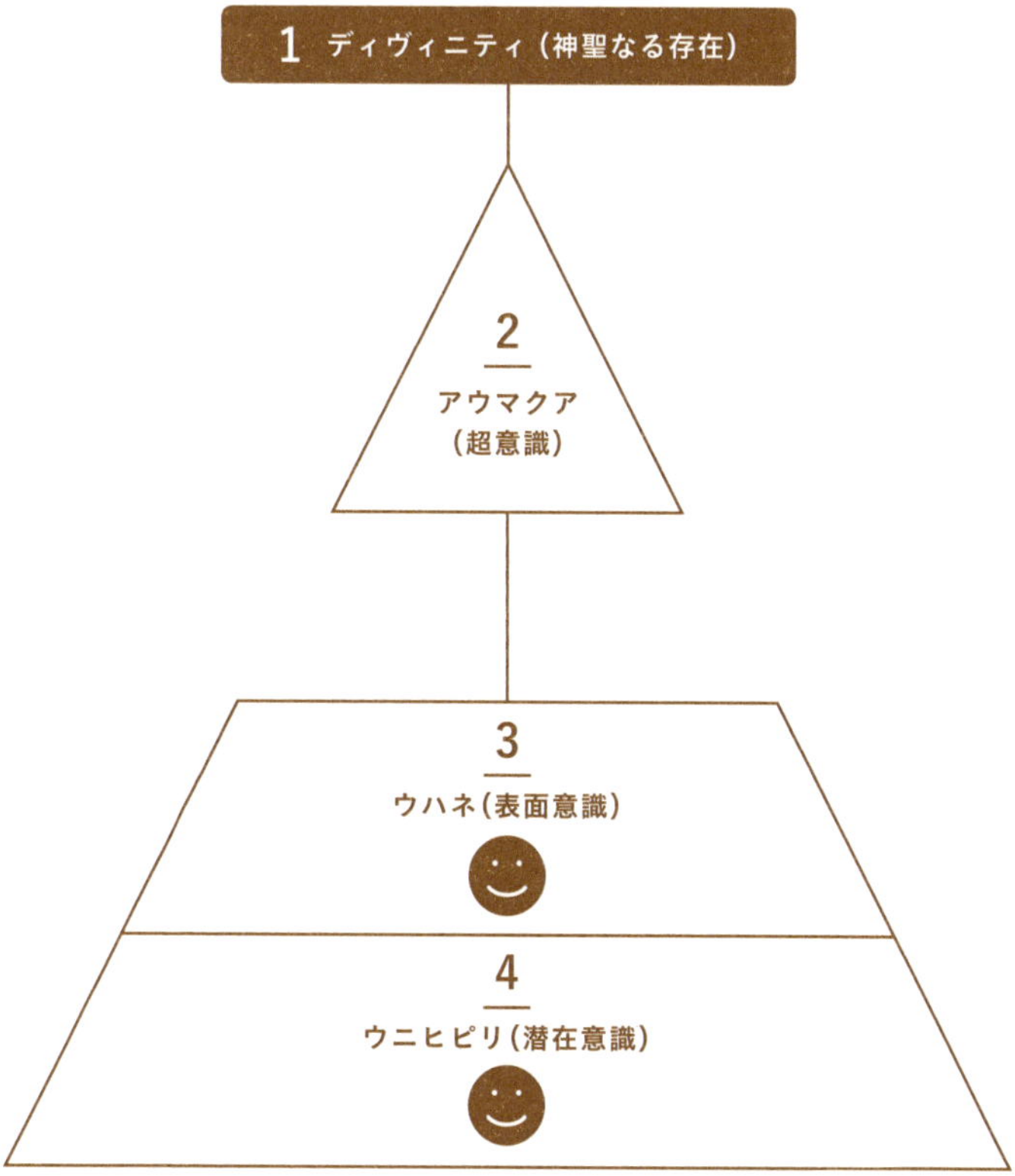

現在の暮らし

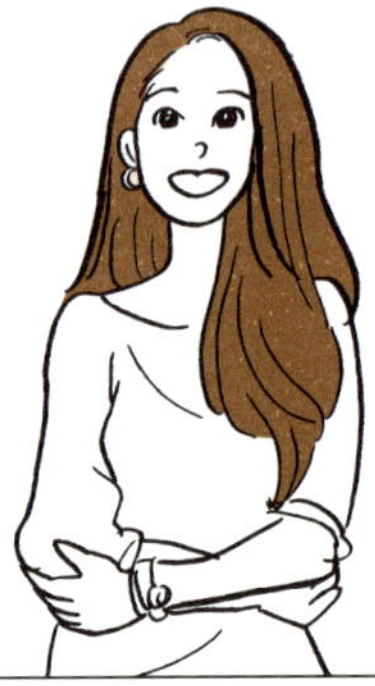

平良アイリーン

Irene Taira

1983年東京生まれ。SITHホ・オポノポノアジア事務局広報担当。波瀾万丈な人生をおくる母・ベティとともにジェットコースターのような幼少期をおくる。ホ・オポノポノに出会い、生活のあらゆる場面で実践中。2014年、台湾人男性と結婚。二児を授かり台北に暮らす。現在、アジアを中心にホ・オポノポノを世界に広めたヒューレン博士やKR女史をはじめとするSITHホ・オポノポノの講演会サポートや自身の体験をシェアする講演活動も行う。

二　人　の　今　ま　で　と、

吉本ばなな

Banana Yoshimoto

1964年東京生まれ。小説家。87年小説『キッチン』で海燕新人文学賞を受賞しデビュー。『TUGUMI』で山本周五郎賞受賞。その後、国内外で数々の文学賞を受賞。諸作品は三十数ヵ国で翻訳出版され、世界中の多くのファンに支持されている。現在、夫と息子とペットたちと東京に暮らしながら、世界中を飛び回っている。noteにて「どくだみちゃんとふしばな」を配信中。 https://note.mu/d_f

第一章　生きやすさのヒント

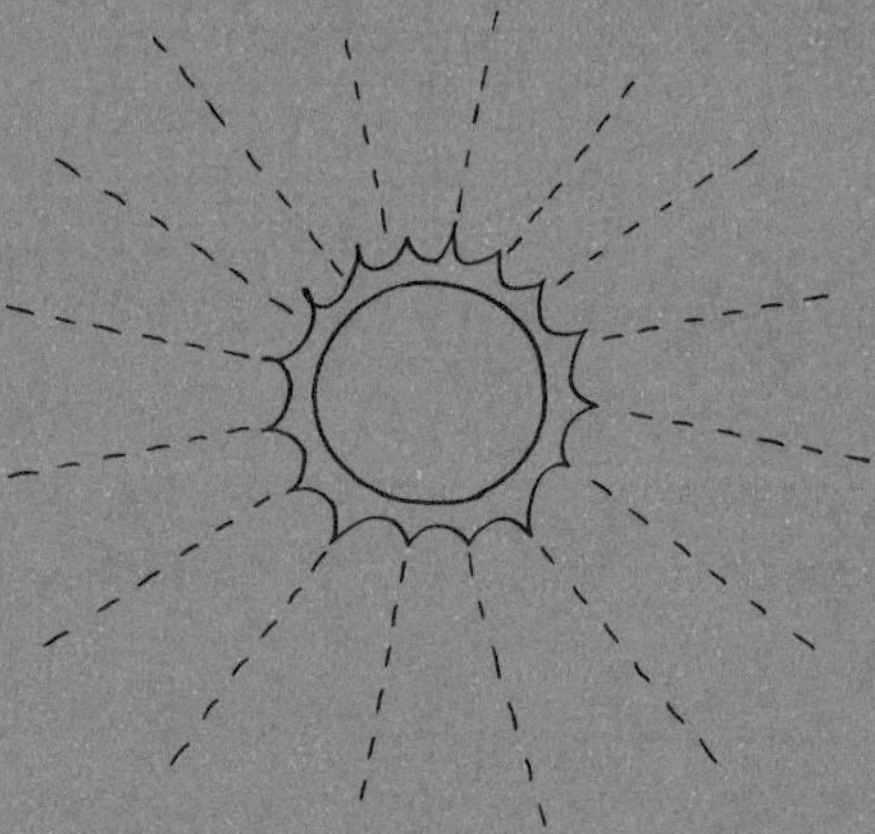

ウニヒピリのおしゃべりってなに？

平良　ホ・オポノポノで問題解決の鍵は、自分の内なる子どもであるウニヒピリをケアし、会話することだと言われています。ばななさんにとって、それはいったいどんなことなのか、ぜひ、お話を伺いたいです。

吉本　人は生まれたばかりのころは、その人そのままだと思うのですが、たとえると、いつのまにか「野球で才能ある選手にコーチがいっぱいついちゃう」みたいなもので。

すてきな黄色い靴を履いて、うきうきと学校に行けば「黄色い靴はダメ」と怒られて、家に帰ったら「かわいいわね」と褒められて。「いったいどっちなんだい？」というようなことに毎日さらされていくうちに、そういう小さいことが生き方にボディブローで効いてきてしまうんです。

平良　とてもよくわかります。

吉本　さらに、よその家のお母さんに「あなたの靴、とってもかわいいけれど、ウチの子の靴を見て。あんなにみすぼらしい靴を履いているんだから。あなたがいるだけですごく悲しがっているじゃない」と言われたりすると、素直なら素直なほど、気持ちがブレてきますよね。

「えっ、これは素直に喜んじゃいけないことなの？」とショックを受けるけれど、家に帰ればまた親から「あんた、ホントそれ似合うわね」と言われ、何がなんだかわからなくなっていきますよね。

そんなコーチが多すぎる世界に、人はいきなり放り出されるわけです。

そこで「自分は、そもそもどうだったのか？」というのを、一番はじめにさかのぼって考えると、その靴を親が「いい」と言ったからいいと思ったのか、それとも自分が好きだったのか、――そういうことに自分で気がついてあげないかぎり、永遠に答えが出ない。

平良 今まで数えきれない人から、助言も含め、あらゆる言葉を受け取ってきました。

吉本 だから、そこで「そもそも自分はどうであったのか」と根本に帰るには、ウニヒピリと話し合うしかない。

「じゃ、この場面では、こういうのに合わせておく。でも、ほんとうはこう思っているんだ」と、心の中でウニヒピリとのやりとりがうまくいっている人は、ある程度ハッピーに暮らしていると思うんです。

つまり、答えを出せるのは、この世で自分だけしかいないんです。

「じつは私、ちょっと派手だと思っていたんだよね」「やっぱり？　服から浮くよね！」「じゃあ、とりあえずあの人の前で履くのはやめよう」「〇〇ちゃんの家には履いていかないようにしよう」と、自分と自分の間の話し合いがうまくおさまっていれば、多分そんなにはズレていかないと思います。

平良　ウニヒピリとおしゃべりするようにして、「自分の本音」を聞くことですね。

吉本　自分の本音みたいなものを、他の誰より自分が日々知っている必要があるし、己との対話時間が多ければ多いほど、自分とつながりやすくなると思います。

平良　自分との対話は大切なことなのに、後回しにしがちです。

吉本　多分みんな、自分と話し合っていないだけなんだと思います。

ウニヒピリの声を聞くタイミング

平良　それでも、いつまでも慣れない人づきあいや環境に身をひたし続けていると、自分の本音がわからなくなるときがあります。

吉本 センサーとしては体感が一番だと思います。たとえば「こんないい人なのに、なんで一緒にいるとこんなに疲れるんだろう」みたいなのは（笑）、やっぱり体が教えてくれているんだと思います。あと、「この場所、とても来たかったはずなのに居心地悪い」とか。

その体感に従っていれば、間違いはないような気がします。

平良 ホ・オポノポノと出会ってから「あのとき、ほんとうはいやだったよね」と、ちゃんとウニヒピリの声を受け入れることを、一日のどこかでするのとしないのとでは、だいぶ生活の流れが変わるなと、実感するようになりました。

吉本 すべてが変わりますよね。そのくらいのことで、別にいやさは変わらないじゃないの、と思うけれど違うんです。

平良 あるとき、友人から久しぶりに集まろうよと誘われて。誘ってくれて嬉しかったし、頭ではいいことが起きているんです。一方で、ちょっと面倒くさいなという思いもありました。本音に気づいたんです。

吉本 気づいているのは、なにより大切ですね。

平良 それに気づいていると、まるでなにかの戦いの話みたいですけど（笑）、

「バリア」がちゃんと自分の中でできるから、集まりの最中、自分にとって余計な情報もそんなに入ってこないし、退散するタイミングも間違いがない。「ウニヒピリが守られている状態」なので、自分らしく自然と落ち着いていられるんです。

吉本 ちょうどよく事がスムーズに流れるようになりますよね。

平良 それは、日々のストレスを軽減するのにも大切なことだと思っています。
この人のこと大好きだから、友人だから、家族だから、という理屈で、「ギリギリまでその場所にいよう」とウニヒピリの声を無視して過ごすと、どこか事がスムーズに回らなくなる。
そういうことは、ばななさんもありませんか？

吉本 あります。自覚がとても大切なんです。わかっていれば、「冗談じゃないよね」「私、なにをやってるんだろう」としっかり思いながらいられるので。そういう自分の気持ちを大切にしたほうがいいんだと思います。

平良 ほんとうは、できたらＫＲさん[*1]のように、ビシッと言えたりできたら、自分のほんとうにやりたいことにも出会いやすいのだろうなと思います。

吉本 あれぐらいビシッとやらないと、ほんとうはダメなんだろうなって私も思

＊1 カマイリ・ラファエロヴィッチ。ＳＩＴＨホ・オポノポノの創始者、故モーナ女史の一番弟子。ハワイ・オアフ島の山の中で犬と暮らしている。ハワイでは不動産業を営み、さらに、ホ・オポノポノを使った個人や経営者のコンサルタント、ボディーワーク、ホ・オポノポノの講演活動を行っている。

＊2 たとえば、いまこの瞬間、居心地悪いなと感じ

います。あの方は「この場にいたくない」「いやだ」というのをはっきりおっしゃるので、たまにやりすぎじゃないかと思うときもあるけれど、お互いに変なストレスが起きないから、最終的にはいいんだと思います。

そして、その場からの去り方が上手な人がいるけれど、それも一つの大切な要素だと思います。

平良 ホ・オポノポノでもタイミングは重要だと言われています。[*2]

日々どの瞬間もクリーニングすることは、なかなか難しいですし、忘れてしまうこともあります。しかし、それができなかったとしても、最低限自分が何を正直に感じているかを自覚して、「私はこれ、ほんとうは好きじゃないんだよね」とウニヒピリと話し合い、それをクリーニング[*3]するように心がけています。

吉本 それこそが「ウニヒピリとの対話」じゃないでしょうか。

平良 そういうことをしていると、気乗りしない場所や人々とも、不思議と気持ちのいい時間が過ごせるようになったり、うまく回りだします。

吉本 そもそも行けなくなってしまいますよね。行けないというのは、行きたくないから行かないんじゃなくて……。

平良 自然に行けなくなるという事態が起こる。

たら、クリーニング。「その場所でなぜか目についてしまうこと、妙に心が浮ついてしまう感覚に向けクリーニングすると、時間が戻ってくるよ」と、ヒューレン博士はおっしゃいました(平良)。

＊3 今いる場所で、そのとき現れる感情、思考に向けて、四つの言葉「ありがとう、ごめんなさい、許してください、愛しています」を心の中で唱えたりすることを心がけています。ヒューレン博士は、その四つの言葉を唱える時のポイントとして、「感情をこめなくても、ただ、パソコンのデリートキーを押すように、ただ唱える」とおっしゃっています(平良)。

吉本「あれ？　いつの間に行かないことになってた」みたいな。そういうふうに、うまくできている気がします。

平良　先ほど一日のどこかでウニヒピリの声を受け入れるという話をしましたが、それは瞑想や日記を書くといった特別な時間を作ることもそうでしょうか。

吉本　それでもいいと思います。どの手段でも同じですね。瞬間でもいいから、自分の思いを深く理解するのとしないのとでは違うような気がします。

平良　特別な内省[*4]の時間を作らないとダメというよりも、さっき話したような集まりの最中に、なにかモヤモヤしてきたら、「あ、なんかモヤモヤするね」みたいなことを、自分と話し合うことでもいいですよね。

吉本「私、やっぱりこういうのあまり好きじゃないんだな」みたいな自分との対話ができていれば、別に瞑想や日記じゃなくてもいいと思います。

あと、心って平気で嘘をついたりするから、日記にさえ「楽しかった」って書いちゃったりしますよね。そうすると、あまり意味がない。

「ほんとうはいやだった。楽しくなかった。ね？」みたいな感じで（笑）、自分と対話するだけでもいいと思います。

＊4　自分の考え、行動などをかえりみて反省すること。

インスピレーションと微調整

平良 ところで、ばななさんは何かムリをして道を外しそうになったことはありますか？

吉本 はい、もう毎日ですよ。だから毎日少しずつ直せるんだなって思っています。

平良 そのサインはありますか？

吉本 「あっ、なんか今日はちょっと行き過ぎた」みたいな、ほんのわずかなことなんですよね。

たとえば、気分転換に料理をする。ほんの小さいサインで、「あっ、これは限界を超えたな」って思うんです。「ここまでやったんだから揚げ物も作っちゃおうかな」と思ったときに、「ちょっと待てよ。これ、自分のキャパシティを超えている。きっと疲れちゃうし、おいしく作れない！」と感じたときの「微調整」をとても大切にしています。

微調整ばかりしているから、小さい人生になっているのかもしれないなとも思うのですが。

でも結局は、微調整がいちばん大事かなって思います。

平良　何か意識が働いて、流れが一瞬でも止まるときは、クリーニングのサインですよね。自然に広がっていくこと、それがブループリント[*5]上で用意された自分の役割であれば、意識しなくても勝手に体が動いているけれど。

キャパシティを超えてしまったり、欲が出てきてしまったりするとき、一体何が自分にそうさせようとしているのか内省したりクリーニングすると、ことが自然に流れるようになる。

それはホ・オポノポノでも大切にしていることです。

吉本　いま思い出した、欲に関するエピソードなのですが、お仕事で一千万円差し上げますと言われたことがあって。「いや、四百万円でいいです」と言ったんですが、決して欲が薄いわけではなくて、これをもらったら代償が大変なことになるという額だったんです。

でも四百万円ぶんは働いたとは思いました。そういうバランスには、とても気をつけている気がします。

ほんとうに一千万円に値しますよと思ったら、ちゃんと受け取る。ただ、今後のことを含んだ値段のような気がすると思ったから、今後まで売り渡したくない

＊5　もともと自分という存在に与えられた特別な地図・設計図のようなもの。才能、特性、行くべき場所、成すべき仕事、出会うべき人、食べるもの、読むべき本などなど。

ているから。

と思い、下げてもらったのです。そういう判断は、とても難しいけれど、直感的にパッて出た数字でした。それに逆らうと、ろくなことがないというのもわかっ

平良 その判断の仕方や、タイミング、受け取り方は……。

吉本 ホ・オポノポノでいうところのインスピレーション[*6]だと思います。だけど、人間はおろかだから、そこから考えはじめちゃって。「でもな、あと六百万円あると、ここに行けるな」とか、嘘でもふと思ってしまいますよね。でも、そっちに行ってしまうと、結局あとでもっと損をすることになるというのが、もう何回も痛い目に遭ってわかっているから。宇宙って厳密ですからね。

平良 なかなか簡単に決断できることではないと思うのですが、そういうときにインスピレーションを選べる、確信する力は、「見えない広い世界」を見ようとされているからでしょうか。

吉本 いろいろ痛い目に遭ってきたからじゃないでしょうか。きっと体で学んだのです。

平良 さらに、さきほどおっしゃった微調整を毎日されているから、その感覚が磨かれているのかもしれませんね。

＊6 記憶がクリーニングされた後の「ほんとうの自分」の状態であるとき、必要な情報はすべて、大いなる自然（神聖なる存在、表現の仕方）から常に流れてきて、受け取ることができる。いつもインスピレーションに照らされた状態がほんとうの自分であり、記憶によってその流れがせき止められているとき、私たちは問題を体験する。同時に私たちは「インスピレーション」か「記憶」を日々毎瞬、選択している。

吉本　微調整しすぎて、ハムスターが「回し車」を走っているような状態になっていることは多いですよ。「もう少し大きく考えようよ」って自分で思うことはあります。

だけど、すごく大きく考えられる人は、意外に小さいことが全然考えられなかったりするから、これもバランスなのかなぁと思います。小さく考える人がいてこそ、大きく考えられる人がいるみたいに。

そういう宇宙のバランスの中で、自分はこうやって生きているのかなと思って、諦めるようにはしています。

「何かが違う」を感じる力

平良　小さなことなんですが、毎日娘を連れて公園に遊びに行くとき、同じことを繰り返すよさもあるけれど、自分が自然と「型」にはまっていく感覚に違和感をおぼえるときがあります。

吉本　そうなんです。そうなっていくのが人間というものだし、人間同じメンバーで毎日過ごしているだけでも、垢《あか》のようなモヤのようなものがまとわりついてくることがありますよね。

平良 決して悪いことではないけれど。

吉本 ないけれど、重くなります。

平良 モヤがきたなと思ったら、すぐにクリーニングしてみます。

吉本 ちょっと離れたり。

平良 台北[*7]の私の家の近所に、お気にいりのカフェが二、三軒できて。毎朝ここで二時間コーヒーを飲みながら仕事して、と決めてやっていると、時々そのお店の何かに違和感をおぼえたり、不快な何かを感じたりするんです。

吉本 一見、何も変わらないんですよね。

平良 何も外は変わっていない。でも、何かが今日は違うな、みたいな。

吉本 あります。大切なことだと思います。案外、一番大事かもしれないです、「いつもお気にいりのカフェで朝仕事をする。そんなふうに生きていきたい」という大義名分より、「あれ？ 今日は違うな」が。

きっと人間の中には、年をとって死にたくないという気持ちがまずはじめにあるから、それに対する抵抗として、見ないように同じことを繰り返したいんです。それも人間の本能の一つだから、感情を動かしたくないと思うようになるも

＊7 台湾の中心都市。

のなんです。毎日固定されたことをしていれば、死が近づかないという妄想があるんです。

でも、変化があるのも当然だし、生きているから毎日体調も違うし、気分も違う。動くものと動かないもののバランスをとるといいますか、その固定されていないふるまいというのも人間の本能だと思います。

平良　頭の中では、「いやいや、今日も同じところに行ける幸せさよ」と、自分を説得したりするのですが。でも、勝手に再生されてしまう「変えたくない」「長生きしたい」「死ぬのが怖い」という記憶が見せているのかもしれないですね。

吉本　結び付いた感覚なんですよね、安定していたいって。誰でも家に帰ったら安心しますよね。それと同じで、同じようにしていれば安心というのは、生き物としてしょうがないと思います。

平良　でも、ときに現れる型にはまりたくない感覚を無視して、「いや、それでも今日も行くんだ」とやっていると、その日を境にちょっとウツ気味になったりして。

吉本　何かが違うぞ、っていうインスピレーションなんでしょうね。

平良 そういう些細な心の動きや体の感覚といった「何かが違う」を感じることは大切なんですね。

吉本 「ヒモトレ」[*8]の先生の話を聞くに、紐をたとえ帯の上から巻いても、人間は感じ取るっておっしゃっていました。それで体幹が定まると。紐を緩く膝の上に巻くと、ちょっと長く歩けたり。

紐を巻いたぐらい何よと思うのですが、そうじゃないんです。それぐらい人間は敏感で、毎秒毎秒繊細に変わっているものだから、むしろそれを鈍くするほうが生命として危険だと。

人間は些細なことに意外と気がついているんだと思います。

平良 でも細かく変化していることに敏感であるって、なんだか疲れてしまいそう……。

吉本 疲れないですよ。逆にラクになります。

でも、生命として危険であることが続くと疲れちゃうのもまた人間で、同じようにしていれば安心というのももちろん持っていると思うから、そのせめぎ合いやバランスだと思います。つい、「いやいや、いやな予感なんて気のせいだ」と思ってしまったり。

＊8 バランストレーナーの小関勲氏が発案者。紐一本で体のバランスを整える身体調整法。スポーツ界をはじめ、介護や医療の現場でも活用されるメソッド。方法は100円ショップなどで売っている紐や荷造り用の紐を体に巻き、軽く体を動かすだけで体のバランスが整い、凝り、痛み、だるさなどが軽減されるというもの。

平良　確かに、できるだけそこで出て来る感情をその都度クリーニングしながら、変化を感じながら、一つ一つのことを選択していくと、周りとの調和が戻ってきますよね。

吉本　固定して見ないようにする恐れ中心の本能より、毎日繊細に調整したほうが、ほんとうはより本能に近いんじゃないでしょうか。

自分のペースで生きるには？

平良　私は以前、初対面の方に「お仕事は何をされているのですか？」と質問されたとき、「セミナー業？　SITHホ・オポノポノアジア事務局広報兼台湾事務局代表？」と、なんと答えたらいいのかわからず困っていました。

でも最近、そもそも職業を聞かれなくなってきたという、新しい現象が生まれてきたんです。

相手の方が私を見たときに、なんかちょっと聞いたら話がややこしくなりそうだから聞かないのか、それとも、いちいち聞かないで後で調べようと思ってくれているのかわからないのですが、私にとって、しどろもどろになりやすいシーンそのものが減りました。新しい結果が生まれてきたんです。

吉本 よくわかります。もしかしたら、〝気さくな女社長〟っていうキャッチコピーで生きていったらいいんじゃないでしょうか（笑）。そうすると、みんな「ああ」って、すぐもうOKになると思うんです。説明が面倒な人に対しては、ですけれども。ある程度遠い人には、安心のためにみんなざっくりでいいのですから。

だって、人生っていうのは、いつ何が起きるかわからない、全方向に開いてフワッとしているものだから、自分でイメージして道をつけていくしかないんです。わからないなりに。

平良 「気さくな女社長です！」と言えるかな？（笑）

吉本 たとえばですが、アイリーンちゃんがどちらかと言うと財閥寄りの生活をしている義理のご両親に、「すみません、気さくだけどとても忙しい女社長なので夫の世話だけの生活はできないんですよ」というふうに、堂々と伝えながら接することができるなら、意外にいろんなことが円滑になって、向こうもやがてわかってくれるかもしれないと思うんです。

でも、それができないということは、何かしらアイリーンちゃんの結婚観において、すごく強いこだわりがあるということなんですよね。

結局自分で持っているこだわりというものが一番の弱点でもあるんです。だから、ほんとうに難しいんですけれど。

きっと「何かに収まっちゃうと成長が止まる」というのをアイリーンちゃんは本能的に感じているんです。

そして、その考えを相手には誠実に伝えたいという気持ちがすごく強いんだと思います。

平良　面倒くさいタイプですね（笑）。

吉本　いや、だからいつまでも成長できるのではないでしょうか。多分それを極めていくんでしょう。

だから、「私はやはりこういう忙しい動きをしないと会社を経営できないので」と伝わりやすく説明する、そういう「技」じゃないけれど、「魔法」みたいなものを身につけると、ラクになるのかなと思うんです。そうしたら独自の道を拓いていける気がします。

平良　結婚後、いろんなことが今までのようには進まず行き詰まっていたとき、ばななさんがメールで一言、「今の感じのアイリーンちゃんのペースと、やり方、生き方でいったら、四十歳になったときに、ふといろんなことが思い通りになるときがくるよ」とおっしゃってくださり、ただそれだけですっと心が軽くなりました。

吉本 一つコツをつかめば、パッといくような気がするから、「あ、これか！」っていう瞬間は絶対にあるはずです。
「ああ、みなさんそうなんですね、でもうちはそういうのやらないんですよ」と言って、まわりが「えっ？」みたいな感じになるけれど、「でもいいか、あの人、ああだから」ってなる。そういう世界が待っているような気がします。
アイリーンちゃんのおじょうさんが、「私もやらない」と言い出して、「じゃ、ママもいいか！」っていう感じで逃げていくみたいなことが、どんどんできるようになって人生を創っていくイメージがあります。

平良 クリーニングしながら、実践していくのみですね。

楽しさへの執着

平良 ところで以前、ばななさんと書籍の企画で対談[*9]をさせていただいたとき、

*9 『ホ・オポノポノジャーニー ほんとうの自分を生きる旅』（講談社）巻末対談313ページ。

ばななさんがこうおっしゃいました。

「特に私より下の若い世代の人たちって、楽しいことへの中毒（執着）のようなものがすごく強いという気がしています。

それこそ私の中でクリーニング[*10]していくしかないけれど、すごく楽しくないと楽しいとは言えない、大きい声を出してはしゃいだ状態が大きければ大きいほどいいんだという傾向が、日本の今の時代に共通するクリーニング事項な気がします。

何にもしていなくても楽しいとか、楽しいっていうのはしみじみしたものだっていうのを、いろんなところで伝えていければいいなっていうのを最近になって思うようになりました」と。

吉本 そうでしたね。

平良 それからは、「楽しいことへの執着」が、日々生活の中で私の中から顔を出すことがあると気づくようになりました。

そういう心の状態に気づくたび、ホ・オポノポノのクリーニングを実践することで、心の平静を取り戻すことができます。

そして、心が大きく迷ったり乱されそうなときも、事前に防いでいるような感

*10 このように何かに違和感を感じたとき、記憶をクリーニングするチャンス。例えば、ホ・オポノポノで代表的なクリーニングツールである四つの言葉（「ありがとう」「ごめんなさい」「許してください」「愛しています」）を繰り返す。

覚があります。

ホ・オポノポノとはつまり「ほんとうの自分を生きる」ためのプロセスなのですが、「楽しいことへの執着」を手放すことで、クリーニングもスムーズになり、心身ともにラクでいられることが増えました。

ばななさんは、若い世代に顕著に見受けられる楽しさへの執着は、どのような場面で感じられたのでしょうか？

吉本 特に三十代の人から、「人といるときは楽しそうにしていないと悪だ」みたいな感じはすごくします。

平良 悪？

吉本 そう、「それはもう罪だ」みたいなピリピリした感じです。二人でも、大勢でも、とにかく盛り上がっていないと不安というような。

ふつうに楽しそうにお店に入ってきて、ふつうにゆっくり楽しんで出ていく人が、わりと少ないように思います。活気があるというのではなくて、表面的な賑わいなんです。

でも、それはもしかすると、東京特有のことなのかなと思ったりします。

たとえば博多へ行くと、飲み屋さんでめちゃくちゃ盛り上がっているのに全然耳が痛くない。ほんとうに楽しいと思って楽しい声を出しているときは、耳障りにならないような気がするんですよね。

平良　たまに父と一緒に東京の繁華街に出ると、なぜだかそわそわとして「お父さんがどうか困ったりしませんように」と思うことが多いんです。まだ六十代半ばで、おじいちゃんという年齢でもないのですが。

でも父が台湾に遊びにきてくれたとき、父がとても伸び伸びと父らしく振る舞っていて。そのことに安心している自分に気がついたんです。旅先というのも大きな要因かもしれないけれど。

吉本　年上の方たちと、いやすいですよね。

平良　私が子どもに戻れて、父が父らしく人生の先輩として立って歩いている。それを強く感じる時間でした。そのときの楽しさは、大きく騒がないといけない楽しさではなくて、ともに過ごす時間の中からにじみ出てきたもの。

吉本　じわじわ楽しいねぇ、みたいな。

平良　そうなんです。じわじわという言葉がぴったりで。父が帰ったあとも、「よかったねえ、楽しかったなぁ」というしみじみとした気持ちがゆっくり長く続いていきました。

そんなとき、またばななさんがおっしゃった「楽しさへの執着」という言葉を思い出し、このじわじわした感覚と、一体何が違うのだろうと考えてみたら、「友人との集まり」を思い出したんです。

たとえば、久しぶりに日本に帰国して友人と会うときに、「楽しんで喜んでもらわないと！」って変に力のこもった意識があるように思います。

吉本 おたがいがそれを強要されているような楽しさなんですよね。

平良 そのプレッシャーがもしかしたら、しみじみとしたものではなく、「楽しさへの執着」のような、やけに騒がしい心の状態を作っていたのかもしれないと気づかされました。

孤独や寂しさの理由

平良 東京に戻ったときに感じる、その強制されているような、または相手に期待しているようなものは、何からくるのでしょうか。

吉本 みんながよそ者なのが前提の街だからなのかなとは思います。

地方から人が寄り集まってできているから、よそよそしく寂しいのかなと思いました。

東京は、もともとは下町っぽいのですけれど、肩がぶつかったら「チッ」って言ったり、「電車にベビーカー乗せないでください」って言うのは、基本的には東京にもともと住んでいる人ではないんじゃないか、という話をあるとき私と同じく東京生まれ東京育ちの人としていて。

断定はできないけれど、それもあるかなぁと思うんです。

「楽しさ」や「ここにいる自分は大丈夫だ」というのを、虚勢を張らなきゃいけないのが今の東京なのかなって。

平良　そうかもしれないです。簡単に声が届かない街かもしれないですね。実際に、大きな身振りと声を出さなければ声が届かない状況をよく見ます。

おしゃれなレストランに行っても、ちょっとした「何か」を出さないと、もう一生オーダーを聞きにきてくれないかもっていうような（笑）。

吉本　くれないと思います（笑）。みんなそういう違和感を持っているから違和感ばかりの街になっちゃう。

平良　でも、ばななさんに会いに下北沢[*11]へ行くとき、そわそわしたり、変に興奮せず、ゆったりとした気持ちで過ごすことができるのは、大好きなばななさんが

*11　東京都世田谷区にある若者に人気の街。古着屋やカフェが充実。閑静な住宅街が隣接し、都心にも近く通勤にも便利なエリア。

日々そこで暮らして、そこでクリーニングしたり、毎日を営まれているからなのですね。

吉本 私がよく行く、知っているところしか行かないからかもしれないですが、「私の下北沢」ではありますよね！ アイリーンちゃんと過ごす台北も同じ感じですよ。

平良 ホ・オポノポノでは、土地にも意志、アイデンティティーがある[*12]と学びます。あらゆる歴史を土地は覚えているし、そこで起きたこと、そこで感じた誰かのある日の感覚までも土地は覚えているそうです。

私たちは知らず知らず、あらゆるものや土地からも情報、感情を受け取っている。私も知らず知らずに、いろいろな感情をあらゆる土地に落としている。だからこそ、はじめて行く場所で自分なりにクリーニングをしています。

その土地で大切に生活を営んでいる方と一緒にいると安心感があるのは、その土地のケアテイカー[*13]（世話人）と歩くわけですから、訓練されたガイドさんとトレッキングしているような安心感やワクワク感があるのと同じで自然なことなんです。

これとは反対に、ふと忙しい気持ちのままクリーニングしないでどこかへ行っ

*12 ホ・オポノポノでは、人間や動物、植物や土、海や山、川、鉄や空気などにもセルフ（自己）＝アイデンティティーがあることを学ぶ。

*13 土地や場所を丁寧に扱い、その土地と自分の間で体験すること（綺麗、古い、怖いなどと感じたり、そこで事故に遭う、目にするなど）を丁寧にクリーニングしていくことで、自然と自分そして土地も同時にケアされていく。そのようにクリーニングする人のことを、ここではケアテイカーと呼ぶ。

たり、誰かに会うと、知らない土地ではないはずなのに、なんだか焦るような寂しいような……。

吉本 よそよそしい街になってしまうかも。

平良 なんの心の準備もできていない、または心の中にいろんな処理されていない記憶を詰め込んだままどこかに行くと、不自然に誰かを演じているような、居心地の悪さを感じることがあります。この友人に会うなら、こんな自分でいなければとか、固定された誰かでいようとしているような。

吉本 みんながそう思って、少し緊張しているのかもしれません。

住むゾーンっていうのは、やっぱりその人が好ましいと思うところを選ぶものだから、自分の好きな人が選んだ目線から見たその街は、自分にとって特別なものになる。だから私も台湾にアイリーンちゃん抜きで行くときは、全然台湾が私に見せる顔が違うんです。そういう意味で、「つながりがある人が少ない」人が多く存在しているのが東京なのかもしれません。

たとえば、うちの夫の仕事場が前、恵比寿[*14]だったんです。アイリーンちゃんが元彼とデートをしているところにバッタリ出会ったりして（笑）。

平良 よく、バッタリお会いしましたね！（笑） あのときの自分は、なんだか

＊14 東京都渋谷区にある人気タウン。「住みたい街ランキング２０１９年」（リクルート住まいカンパニー調べ）では2位。

はちゃめちゃでした。

吉本　いやいや、そんなことないです。お二人ともすてきでしたよ。そうやって、恵比寿に行ってアイリーンちゃんにバッタリ会ったりすることも含めて、そのときは私にとって恵比寿がとても親しい街で、生活の中にある街だったのに、夫が引っ越したら急にサラリーマンばかりの、うるさくて寂しい街みたいなイメージになっちゃって。

平良　新しいビルもできて、雰囲気もどんどん変わってくるし。

吉本　もう違うところになっちゃった、みたいな感じなんです。懐かしいだけでもなく、とても孤独な……。

もしかして、東京に出てきている人は、みんなこういう気持ちなのかなって。

己を知らないと楽しめない

平良　大学時代に出会った東北出身の友人が東京で就職をして。

私が帰国するたびに会うのですが、みるみるうちに自信を失っていくように見えて。

まわりを幸せにしてくれるほのぼのした雰囲気や、のほほんとしたマイペースな部分がじわじわとしぼりとられているのを会うたびに感じて……。

私の中の一体何の記憶が、そのようにこの友人を見させているのだろうと、そう見えてしまう私自身を、いつもクリーニング[*15]しています。

その子のことも好きだし、東京のことも自分が生まれ育った土地だからもちろん好き。だから、なぜそうなってしまうのかと思うようになりました。

どうやったら都会の中でも、自分にもともとある大切な部分を優しく守りながら生活していくことができるのかなと。

吉本　ほんとうですよね。

ただ、人は自分以外の人を変えられないというのが大原則だと思うんです。どんなことをしても、その人が変わろうと思わなければ変わらないから。

基本的には、東京の忙しいムードに飲まれて、その人自身が変わっていってしまっているのだと思います。

私にもそんな体験があって。とても親しい年下の女の子の友達が、地方から東京へ出てきたくて出てきて、下町で一人暮らしをはじめたんです。

そこでは隣のおばさんが洗濯物を「雨降ってきたからね、取り込んどいたわ

＊15　「たとえ、目の前で何が起きたとしても、問題のほんとうの原因は、それを見て、体験している、自分の内側で再生されている記憶である」という理解から、ホ・オポノポノはスタートします。ここでは、「自分の友達が都会での生活の中で自信を失っていっているように見える」という体験を私自身がしているという立場からクリーニングしています（平良）。

よ」と言ってビニール袋に入れて玄関の前に置いといてくれたり、子どもを預かったりもして、そうやって近所の人と交流して。そういう環境にいたときの彼女は伸び伸びしていたんです。

あるとき、彼女はこのままじゃいけないと思ったみたいで。つまり、これじゃ田舎にいるときと変わらないじゃないかと。

平良 変えたくなってしまったんですね。

吉本 変える人はほんとうに変えるけれど、中途半端に変えちゃったんです。「中途半端」というのは、大きなキーワードのような気がします。エンジョイしていない変え方って言ったらいいのかな。

今だったら、もう少しうまく言葉を尽くしたり、日々接するときの態度では助けてあげられたかなと思うのですが、結局その子は夜のクラブ的なものに流れて。

それから業界人が生息する渋谷のにぎやかな界隈に住んで。たとえば彼女が下北沢のような街に住んだらまだ大丈夫だったと思うんですが、渋谷、そして遊びは六本木、クラブみたいな……。

これは世の中的に言ったらすごく残酷な判断だとわかっていてあえて言うけれ

ど、「人間は己を知っていないと、まず楽しめない」と思うんです。

その子はすごくかわいいけれど、クラブに行くタイプのルックスじゃなかった。「パーリーピーポー」[*16]は何をもってそうなのかというと、自分の見た目を人に見せたい人たちじゃないと、あの生活はできないんですよね。

あの人たちは、とにかく何か理由をつけてパーティをするんです。それが一生続けばいいと思っているから、もうそのこと以外考えていない。「それが終わる日がきたら、また別のものを考えるから」といった感じで楽しそうなので、すごいなと思います。

こういう暮らしに憧れている人がいっぱいいるんだ、そりゃそうだよね、と、思うんです。

平良　私も大学に入ったころクラブによく通うようになりました。

吉本　大原則として、クラブの入り口のチェックされるところから、外見のつくりとは関係なく「さあ見て！」って見た目や心が外に向いている人じゃないと、ああいうところは入っても楽しくない。

平良　おっしゃるとおりです……。

吉本　アイリーンちゃんは、とてもイケてる見た目をしているけれど、内省的な

*16　パーティ・ピープル（party people）のこと。パリピと略されることもある。パーティを好むだけでなく、様々な機会に集まり騒ぐ若者たちを表現する。

人だから、「なんかイマイチ楽しくない」って思ったのかな？

平良　当時、純粋にそれを楽しめなかったのは、それが原因だったのか！

吉本　私のその年下の友達は、そういうところに行くと、外向きではない内面ではじかれて嫌な思いをして、どんどんどんどん萎縮していっちゃって。

自分が合っていないなと感じたら引いて、また下町に戻っていけば、最高の毎日が待っていたと思うんです。

でも、地方から出てきて都会にいる人の中には、「都会らしい暮らしをエンジョイしてなきゃ都会じゃない」みたいなところがあるかもしれません。

その年下の友達に「クラブに行って楽しいの？」って聞くと、「きれいな人がいっぱいいるし、踊りも好きだし、楽しいんですよ」って、いつも答えが返ってきて。じゃあ、止められないなと思ったし。彼女がなりたかったのは、ああいうモデルのような人たちなんだって。

だから、憧れは大切だけど、「いちばん大切な、内気でかわいらしい自分をちゃんと見てあげないとかわいそう」だと思いました。

平良　ホ・オポノポノでは、そのような「憧れ」[*17]は、たくさんクリーニングできることだと学びます。

*17　何かに憧れを感じるのは、記憶の再生が原因であるとホ・オポノポノでは説明している。憧れを感じることは決して悪いことではなく、その根底にある原因をクリーニングすることで、自分にとってほんとうにぴったりの場所や目的の中に行きやすくすることができる。「〜がかっこいいなぁ、すてきだな」と感じるときに心の中で「ありがとうございます。愛しています」と言ってみるなど。

憧れが「ほんとうの自分の姿」だと信じてしまうと、とても窮屈になります。

吉本 クラブのような遊びがほんとうに合う人は、ただ楽しんで踊って帰ってくる。

私の知っているもう一人の友達は、見た目は地味でふつうなんだけれど、服は常に派手で、音楽とクラブが好きで好きで、一人でも行って。しかも踊りじゃなくて、走ってダンスフロアをまわる（笑）。ただ何周かして、誰とも話さずに帰ってくるって言うんです。お酒も飲まずに。

この話全体の中に何かヒントがある気がします。

平良 それはすごい！

吉本 なんで同じくらいの歳なのにこの子は、そんな楽しみ方でも楽しんで帰ってきて、こっちの子は「昨日もいじめられた」「いつのまにか、まかれちゃった」って落ち込んで帰ってくるのかなって。

平良 そのご友人は、今は自分がほんとうに好きなことを見つけられたのでしょうか？

吉本 今は結婚してとても幸せそうで、夜遊びもしてないです。だからこそ、どこかで「東京つらかったな」と思っていたら悲しいです。私は彼女といて幸せでしたから。

いつか彼女も心から気づくと思う。「あっ、じつは下町のおじいちゃん、おばあちゃんがいて、近所の子どもとキャッキャしていたほうが私の人生に合っていたな」って。あと、下町でおそばを食べて、カラオケ行って、そんなので良かったんだって。

平良 正直なところ、まるである時期の自分の話を聞いているかのようです。クラブに出入りしていた時期、中で楽しかったことよりも、入り口での人のはじかれ方の異様さや、嫌な気分を簡単に思い出せます。その時点で、やはりムリしていたんだなぁと思います。もちろん楽しかったこともありますが。

吉本 でも、行けばとりあえず友達がいるし、というのは若いうちはどうしてもありますよね。私もありました。

平良 そうですね、その中に当時付き合っていた彼もいたし。夏なんてもうつらかったです。もともと夏が大好きだったのに、その一時期だけ夏のよさを感じる間もなくアルコールの匂いだけで一、二年が過ぎていた。

吉本 ほんとうに合わない人と付き合っていたんですね。

平良 あのムリの仕方を、まだ体が覚えているくらい、思い出すといまだに一瞬で目の前が少しグレーになります（笑）。

吉本　めちゃくちゃクリーニングしないと（笑）。

平良　ほんとうにそうなんです。私がそういう悲しい記憶を持っているから、たとえ時が経ち住む場所が変わったとしても、あらゆる場所で、その悲しい瞬間を見たりするんです。

吉本　そうでしょうね。

平良　最近、台湾でも、こんなことがありました。

その日は地方での仕事の帰りで、終電に乗るため、地下鉄へ降りるエスカレーターに乗ったら、目の前にカップルになりたてのような若い男女と、すぐそばに何かぎこちなくしているそのカップルの友人の女の子がいたんです。

私は瞬時に、その一人の女の子を私自身の何か寂しい記憶で見はじめ、その瞬間ぽつんとした気持ちを、エスカレーターに乗ってから降りるまでの間、感じていました。その子の手を今すぐ握ってあげたいと思うほど、「いつかの私」だった。いつも何かそういう、ちょっと悲しい気持ちをもっているというか。

場所を変え月日が経った今でも、まだ出会うということは、私の中にまだまだその記憶があるんだなと思い、クリーニングを続けています。

＊18　沖縄に生まれ、5歳で母親の再婚を機に東京・六本木へ移住。LAの短大を中退後、母親のビジネスの金銭的サポートをするため、モデルをしながらホステス業界へ。しかし抜け出せない経済的不安による絶望から精神的に不安定な状態となり、そこから回帰するためスピリチュアルを求めるようになりました。その後、結婚、出産、離婚を経験、二人の子どもをシングルマザーとして育てながら、スピリチュアルをテー

「軸」はありますか？

平良 さきほど、ばななさんが「人間は己を知っていないと、まず楽しめない」とおっしゃったことに納得すると同時に、当時の私は自分の本音を閉じ込めて生きてきたのだと改めて気づかされました。

私の母・平良ベティ[*18]は私とは真逆のタイプで。十五歳ぐらいから一人で六本木のクラブに通っていて。

吉本 すてき、カッコいいですね。

平良 ひたすら踊って帰る。さきほどのクラブで走るだけの人と同じ感じです。

吉本 たぶんそうですね。

平良 母とはタイプが違いますが、離婚して別の場所で暮らしていた父からも、いわゆる昔のディスコでの楽しくおしゃれな話をよく聞いていたから、私の中でもコツコツ憧れが溜まっていって。

吉本 夜の世界への憧れがね。時代も違うから、もっと楽しかったのかもしれないですしね。

平良 母方の祖母[*19]も西麻布・六本木で夜の世界を開拓した人だったので、どちら

マにビジネスをはじめ、個人や企業のセッションをおこなっています（平良）。
BETTYS ROOM
https://bettysroom.asia/

*19 私の祖母・平良多恵子は、戦後沖縄ではじめてアメリカ軍将校クラス向けナイトクラブを女性たちの自立目的に作り、さらに海外トップクラスが泊まれる沖縄国際ホテルを設立。また、元琉球政府行政主席の大田政作氏とともに現在の那覇にある国際通り（別名：奇跡の1マイル）を作りました。そこで蓄えた資産で、東京・六本木に移り、「クラブ銀馬車」を作り、成功。石原裕次郎をはじめ、多くの著名人が訪れていたそうです（平良）。

かというと縁があるというか。どこかで安心して行ったら、母や祖母と私は根本的に人間性が違っていた。

当時はなんで私は楽しめないんだろう、私の何が悪いのかなって。

吉本　母子でもタイプがそれぞれ違いますものね、ついそう思っちゃいますよね。

平良　「暗いところ出しちゃっているのかな」「もっと明るくしなきゃいけないのかな」と自分を問い正すようにしていました。

社会人になってからも、その「思いのクセ」は変わらず出てきて。私はそんな感じの心が安らがない日々の中で、「ホ・オポノポノ」と出会って、元の自分を思い出せたんです。心で感じた心地よい自分らしさが生活に馴染むまでには時間はかかりましたが……。でも、だんだんと頭も体もリラックスできるようになってきて。

それでもたまに、当時の友人と会うと、ムリしていたころの私になったり、華やかさへの憧れが出てきたり。

そのたびにクリーニングし続けていたら、昔は楽しめなかったそういう人たちとの会話も楽しめるようになったり、昔のように、いつまでもその場に自分を浸さなくなり、自分中心のリズムがついたというか。

吉本 大人になったというか、「自分」に出会ったんですね。でも、そうしたらクラブも楽しめるかも！

平良 何のフィルターもない状態でものごとを選択できる自分になったのは、ほんとうによかったです。でないと、身がもたない。

いま思えば「好きじゃないのに好きだ」と思わせる、あの世界は異様でした。「みんな、これが好きなはずだよ」っていう中にいると、自由に選択肢を選べない。そんな若い人たちが多い気がします。

今でも、年下の子たちと話していると、華やかなクラブのようなイベント的なものが自分のまわりにないことに焦ってしまうんだろうなというのを感じます。それが今は、実際クラブに行かなくても、ＳＮＳなどで見える時代になっているから、余計に焦ってしまうのかもしれません。

吉本 クラブ的な華やかなジャンルじゃなくても、自然派は自然派で「こういう服は着ない」「このブランドはいい」など、それぞれの世界で何かしら決まりがありそうです。

そんなふうに、何をするにも日本はいろいろと堅苦しいところがあるかもしれませんね。

平良　その自然派の中にいたら、またうまくこなせず考えてしまったり、まわりから浮いてしまう自分に傷ついたり。

そういえば、ばななさんには、そういったジャンルがないというか、自由にいろいろな場所やカルチャーを旅している印象です。そして、どこに行ってもブレず、人に何かを強要したりしません。

吉本　そうかもしれないです。人は変わらないから、強要してもしかたないですものね。

平良　自分のカラーをまったく強要されないので、その場にいる人はとても広い場所にいるような、伸び伸びした感覚でいられます。

吉本　私も「合わせて」って言われるのが一番きついから。時間って何より大切だから、ムダにしたくないのです。

平良　ばななさんの距離感のとり方は絶妙で、いつも大きな学びがあります。好きだから近づかなければ、わかり合わなければ、というのが当たり前だと思っていたけれど、そこまでしなくていいということに気づかされました。

吉本　小説を書くという軸があるからじゃないでしょうか。

家にいて小説を書くことが軸になっているから、ほかのことはできるけれど、その軸からしか見ていない。そういう軸がみんなにそれぞれあれば、誰もがどこでも楽しめると思うんです。

平良 ばななさんがおっしゃる「軸」とは、先ほどのブループリント（42ページ）のように思います。ブループリントは、それぞれが緻密に、それぞれが異なるようにデザインされているそうです。

ホ・オポノポノでは、クリーニングによって「ほんとうの自分」に出会うことができると言われています。そして、そこを生きる道に「ブループリント」があると。

ばななさんは、その「ブループリント」に沿っていらっしゃるから、どの国でお会いしても、どんなシチュエーションでも、ばななさんのペースが自然とあって。なのにいつも新鮮です。

どんな生き方を選ぶか

平良 私が結婚当初、結婚を通して新しく出会う人々との価値観や生活の仕方の

違いに悩んだとき、ばななさんは、

「『あなたはこうですね、で、私はこうなんです』と考えるのがいいよ」

と、現実に効く言葉をくださいました。「あなたはこうですね」の後に、「でも……」と相手のありのままの姿に、私がいろいろな解釈か判断を持っているとしたら、とにかくクリーニングしてみることを、ホ・オポノポノでも繰り返し伝えています。

「自分が自由であるために、相手がただ相手である、そのことをただ認める。ただ木は木としてその命を生き、私は私を生きる」

そのことをしなかったツケが、こうしていま現実の問題として出てきているということを、ばななさんから思い出させてもらっています。

吉本 「カルマ」[*20]「原因と結果」[*21]など、いろいろな言い方があるけれど、やっぱりそういうものはありますよね。

平良 いつのまにか自分で自分につけた常識や思いのクセが、どれだけ日々の生活を不自由にさせているか、自分と他者との関わり方を意識して見ていくと呆然としてしまいます。

吉本 とりあえず合わせたほうがだいたいラクですからね。

***20** 良いおこないも悪いおこないも、いずれ自分に返ってくるという因果応報・自業自得の法則。仏典では「業（ごう）」とも言われる。

***21** 結果は原因に依存し、原因なしには結果は生じないということ。この関係は因果関係とも呼ばれる。

平良 でも、それをし続けていると、必ずまた不自由さが目の前に現れます。

吉本 そうですね。「自分のどこに嘘をついたか」によって、出てくる形は違う気はします。結局「どんな生き方を選ぶか」だと思うんです。

たとえば、アイリーンちゃんとはじめて会ったころ、ホ・オポノポノのセミナールームの中で一番キラキラしていたので、「平良アイリーンさん、イケてる」って、メモをとっていました（笑）。

平良 ありがたいというか……。

吉本 でも、「枠」のようなものがアイリーンちゃんのまわりにカチッとあって。その枠は、帰国子女っぽくて、飲食店関係のお仕事が長そうな人[*22]、お化粧も何もかも全部がその枠の中に入っていて、伸び伸びしていない印象でした。だから今のほうが、伸び伸び伸びして見えます。

いま知り合っていたらたぶん、アイリーンちゃんそのものを感じたと思うんですけど。今のほうが魂に沿っている気がします。

見た目のメッセージはとても強烈だから、私はこういう生活をしていますと服装など全部で表現すると、そういう人しか寄ってこなくなるし、そういう業界に縁ができやすい。

＊22 ホ・オポノポノをはじめた当時、飲食業界で広報をしていました（平良）。

合っていれば自然ですばらしいことだけれど、合っていないとどんどん大変になる。そうやって人間の社会は決まっていくところがあるから。

平良　私は、とても極端で……。その当時は、もう、うんざりするほどお化粧やハイヒール、洋服で自分をつくって、色々と楽しみもしたけれど、同時に消耗する体験をしたので、もうラクにいけばいいんじゃないかと百八十度転換したら力が抜けちゃったのが今の私ですね（笑）。

さらに、台北で暮らしていると余計そうなりがちなんです。

吉本　わかります。私も台北にいるとつい、どうでもよくなっちゃいます。あったかいからビーサンでいいやって。

平良　昔の疲れる自分には戻りたくない思いが強いからか、人目を気にしない服装でいくぞって、結局力が入っていて。そういうときは、そういう型にはまっている自分なので、またクリーニングです。

吉本　その微妙な調整が大切なんじゃないでしょうか。

平良　「自分は、こうなんだ」って決めているときは、また固くなっているときですね。そのテンションは、ハイヒールのころの私と変わらない。

吉本　でも、自分らしく楽しんでいれば、どちらでもいいんじゃないでしょうか？ その人がその人らしく楽しんでいるときには、まずいサインは出てないような気がします。

憧れて無邪気な気持ちで芸能人の真似をしたり、「これをやってみたいからやろう」って無邪気にやっているときは、過ごしやすいいいエネルギーだと思うんです。

そこから、「あの憧れの人は、こんなことしない」と自分を縛るようになってしまうと何かが違ってきてしまい、萎縮してしまうように思います。

違うことをしない

平良 もっと自分を輝かせるためにこうしたい、こう見せたいといった頭で決めつけたルールのようなものが、ホ・オポノポノを実践していくと、どんどん外れていくと思うのです。

だから、クリーニングしていくと、いわゆる「イケてる」状態ではなくなる人もいるかもしれません（笑）。人目を気にせず好きな色の服を着てみたり。

吉本 たとえば、好きな色が地味だったりすることもありますしね。クリーニングってカラーコンサルティング[*23]のようなことの真逆の行動かもしれません。もしかしたら地味になっちゃうかもしれないし、「なんか前のほうがイケてたね」と人に言われる可能性さえあるけれど。
でも、それがほんとうの自分だったら、そのほうが居心地がいいですよね。自分の内側が外に見えやすくなるので、新しい仲間にも出会えるかもしれない。

平良　ズレがないから人とも関わりやすくなります。そして、何かのタイミングでヒュッとまた新たな憧れが現れたり、今の自分に違和感が出てきたり……。

吉本　そうしたら、また茶髪で派手なファッションを遊びとしてやってみてもいいわけだから、ほんとうに人生って自由ですよね。

平良　あまり決めつけないで、クリーニングしながらその都度ウニヒピリの声を聞いて表現していくのがコツでしょうか。

吉本　一つのカラーに自分を押し込める必要もないと思います。
クリーニングしたことによって華やかになったり、お金持ちになったり、そういうことだけではないから。そういうとらえ方をしちゃうと、みんなが苦しくなっちゃうし、よいカルマを生まないですよね。

平良　KRさんはとにかく「カルマを徹底的に減らす」ということをおっしゃい

*23　自分の肌・瞳・髪の色となじむ色をプロに診断してもらい知ること。それらの色を身につけたりメイクを施すことで、より美しく見せることができる。

ます。自分に余計なしがらみを足さず、自分の中をおそうじしていくことだと。

吉本 私もそれが一番近道だと思います。

平良 KRさんは、あんなに自由に見えて、もともときれいな方だから華やかに見えるけれど、「日々どれだけカルマを減らせるか」ということに、とても気を配っています。

吉本 とてもわかります。結局そこに尽きると思いますね。「違うこと」をしないこと。[*24]

平良 そして、KRさんのやり方は、それがまったく苦難に見えない。

吉本 ムリしていなければ、余計なカルマは作らないですよね。

平良 ムリしていないか、「違うこと」をしていないか。それはとてもわかりやすい自分センサーですね。

ほかに「カルマを生まない」とは、どんなことがありますか？

吉本 余計なときに余計なことをしないということですよね。

たとえばお腹が減っていないのに食べようとか、そういうことを一切しないことです。インスピレーションを大切にしていると余計なことはしないから、カルマも生まれないと思います。

*24 エッセイ『「違うこと」をしないこと』（吉本ばなな／KADOKAWA）発売中。

それも人生のひとつの法則と言っても過言ではないんじゃないでしょうか。

「記憶」とは〝思いのクセ〟

平良　私はお金に対するコンプレックスがあると自覚しています。

小さかったころ毎日のように、大人たちがお金のことで争っている姿を、家の中で見ていました。お金がもたらしてくれることのすごさと、お金がないと、あからさまに人は争ってしまうことを、中学生になるまでにしっかり味わったと思っています。

東京の赤坂で育ったのですが、地主や会社経営者、大使館の子どもなど、裕福な家庭がまわりに多くて。その界隈にあるタバコ屋さんの二階で暮らしていた私は、幼いころから周囲との生活の差がはっきりしているのを感じ、いつからか、なんとなく恥ずかしかったんです。

大きくなるにつれ、その恥の理由もわかってきて、家をコソコソ出て、コソコソ帰ってくる、といったことをやったりもしました。

そして何よりも、自分の暮らしを恥じる気持ちが自分の中にあることの苦しさが、自分自身を傷つけていました。

今そのときの傷のかさぶたを、少しずつクリーニングではがしている最中です。結構はがせたと思うけれど、ふとしたきっかけで表に出てきます。

吉本 そうなんですね。外から見ていると、すっかりクリーニングしつくされたように思えますが……。

平良 中学を卒業するころには、家族みんながお金の面ではなんとか安定し、経済的に安定した家庭で育った主人と結婚したのに、今になって、突然ふとそのときの荒れた気持ちが再発するんです。

吉本 たとえば、アイリーンちゃんがとても高級なバッグを持っていて、私が「いいね」と言うと、いつもちょっと悲しそうに、「こういう訳で買ったんです」と言うんです。

だからそんなとき、いろいろな人に出会って苦労してきたんだなと、いつも思うんです。一つの世界で生きてきた人ではないんだなって。もしずっと、高級なバッグがデフォルトの世界だけにいたら、そんなこと言わないですから。

平良 自然といろいろ出しているんですね（笑）。

たとえば、義父母や夫のまわりにいる裕福な人たちのお金の価値観に接したときに、自分の中にある暗く重い何かに一瞬グッと引っ張られてしまうし、反発するような気持ちになる。そういうことが、まだ自分の中にあるんだと思い、クリーニングしています。

そういうことこそが、今の暮らしを色濃く反映したりするものなので、気づいたらクリーニング、気づいたらクリーニング。

吉本　アイリーンちゃんたちのご夫婦って『ダーマ&グレッグ』[*25]みたいですよね。アイリーンちゃんの経験が多すぎて、いろいろ見すぎて、型に入れない。

平良　いろいろな時期があったので、どんな状態が自分らしい型になるのかわからず、すぐに自分を忘れてしまうんですよね。だから夫のような、いろいろと安定している人との共同生活で直面してしまう。

吉本　お金持ちの人たちの暮らしって……、ひがんでいるんじゃなくて、要するに、単一の価値観というか、「ここに入ったからには、これを守ってください」というルールが、一から十まで厳密にあるんです。

そこにどうしても染まりきれないということは、アイリーンちゃんが世の中に向けて仕事をしていくうえでは強みだと思います。

だから、その「つらさ」は持っていたほうがいいんじゃないのかなと。

＊25　1997〜2002年アメリカで放映されたコメディドラマ。上流階級のエリート弁護士グレッグとヨガ講師ダーマとのユーモアあふれる結婚生活を描いた作品。高い視聴率を獲得した。

スッと入っていけるような人だったら、今ごろ、若奥さまになって仕事は引退していたと思うので、とてもいい要素だと思うんですよ。抵抗があるというのは、何事にも疑問を持てるということだから。

疑問を持たないようにして暮らしている人たちは、アイリーンちゃんを見たら、自分の見ないようにしているところを見せられちゃうのでしょうね。

平良 ホ・オポノポノのメッセージである、

「実際に起きる体験のほんとうの原因である『記憶』は宇宙がはじまってからのあらゆる出来事を記録している」

ということを思い出します。

大げさだと片づけるのではなく、自分の気持ちに忠実に、ちょっと違和感を感じるたびにクリーニングを続けました。

そのおかげか、対抗してぶつかることよりも、だんだんとお互いが新しいことに馴染んでいくような、自然な変化が生まれたように思います。義父が家族や国をとても大切にしている強い在り方がはじめは堅苦しく不自由に感じていました。しかし、今はそれが自分自身のはじめての子育てを大きく守ってくれていることへ感謝しています。新しい家族からはじめは感じられた違和感を通して自分の内側にあった、かたくなにしがみついていたこだわりや傷をクリーニングさせてもらえたこと、それ自体が何よりもの宝物です。

ヒューレン博士[*26]やKRさんは、こんな言葉をおっしゃっていました。「記憶に良いも悪いもない。あらゆる体験が記憶だから、ただクリーニングする。クリーニングしたらあなたの宝物と出会える」

吉本　お二人は繰り返しおっしゃっていますよね。「良いこともクリーニングしなさい」と。

平良　ばななさんが以前、ホ・オポノポノでいう「記憶」を〝思いのクセ〟と言い換えられて、とてもわかりやすいと思ったんです。

たとえば、私が裕福な人たちと接するときにふと現れる〝思いのクセ〟。これを日々クリーニングによってその都度消していく。それが私の自由に直結していると実感しています。

吉本　思いのクセは後から後から湧いてきますものね。でもクリーニングすることにコツコツと取りくみ続けたほうが逆に自由になれるんです。

平良　そうですね。自分のコンプレックスは、何が何でも直せばいいというもの

*26　イハレアカラ・ヒューレン。発展的な精神医学の研究家であり、トレーナー。触法精神障害者および発達障害者とその家族とのワークでも知られる。国連、ユネスコをはじめ、世界平和協議会、ハワイ教育者協会などさまざまな学会グループと共に何年にもわたりホ・オポノポノを講演し、普及活動を行う。SITHホ・オポノポノマスタートレーナー。

ではなく、「あ、私にはこんなコンプレックスがある」と気づいた時点でクリーニングしつつ、ともに生きていくことができる。
その流れの中で、自分にいま不必要なものは、消去されているという実感はあります。

自分を信じることに尽きる

平良 たとえば私が、「物質的な豊かさ」に無意識に抵抗しているように、ばななさんも、自分では考えてもいないのに自然としてしまう何か――防衛本能じゃないですけれど、何か抵抗や反応をしてしまうことはありますか？

吉本 私はスーパーネガティブシンキングなんですよ。もう、スーパーセンシティブだし（笑）。うちの子どもが「ママ、どうしてそんなにネガティブなの？」って言うぐらいです。
でも、それが私を救ってきたような気がします。もちろんクリーニングはしていますけれども、「ここまでじゃなくてもいいんじゃない？」といったようなことはよくあります。

防衛本能までは行かないんですよ、そこまで堅いものではないんです。だけど、とりあえずリスクのほうをより考えることが、ほんとうによかったなと思うときがあるんです。……これこそが、ある意味ポジティブだと思うんです。

具体的なことが今ちょっと思いあたらないけれど、「あの人はいい人だ」と全員が言っても自分はそう思わないとか。そうすると必ず何かその人に関係したトラブルが起きて、「やはりネガティブでよかった」と思うんです。「そこまで悪く予想しなくても」と言われて、「そうかもな。確かにそこまでじゃないかもしれないな」と、その場では思うけれども、最終的に必ず思ったとおりになるのは、「私が悪いほうにもっていっているのかな?」と思ったことさえあるんです。

私が記憶に基づいて、悪い意味でのブループリントを出現させてしまっているのかなと思うときもあるけれど、やはり違うんです。

私に見えていたことは、石ころが石ころであって草が草であるような、ただの事実であって、それを率直に描写すると、単にただ明るい希望的な観測ができないんだなと思いました。

そこまで自信がついたら、逆に言うとネガティブ・ポジティブというのは事象ではなくムードのことなんだと思ったんです。

平良 ムード？　気分や雰囲気ということですね。

吉本 だから、ネガティブな事件など何もないし、ポジティブな出来事というのもないと思います。ただ世界がそのままそこにあるだけで。

たとえば「宝くじが当たったうえに誰かが車をプレゼントしてくれた」というのは、ポジティブなことでは別にない。ただそれだけのことで。

ただ、それに対して浮かれたり、困ったりする自分のムードがあるだけなんです。どんなに晴れていてご機嫌でも、歯が痛かったらネガティブになりますよね。それぐらい単純なことなんです。

「何となくモヤモヤしてきた」と感じたら、それをパッと払えば済むことだし。気持ちがパーッとはしゃぎすぎたと思ったら、ちょっと落ち着いてみる。

それを、刻一刻と繰り返していけば、それはクリーニングだと思うんです。

平良 「ムードは記憶よ」とKRさんもおっしゃっていたことがあります。良いことも悪いことも自分の何かが探知したらクリーニングする。ゼロの状態に戻る。

あるときKRさんとともに、ある国の出版社の方々から豪華な夕食に招待されて、私はすこし緊張していました。そのときもKRさんは「ムードは記憶よ」とおっしゃったのです。

すぐにクリーニングをしてみると、簡単に心が落ち着いて、そこにいる一人一人の顔や声、個性がしっかり見えたんです。ムードは楽しんでも、決しておぼれてはいけないと感じた出来事でした。

ところで、ばななさんが先ほどおっしゃった、ネガティブやセンシティブな部分を、ムリに変えようとしないあり方は、同時に「ウニヒピリのケア[*27]」ではないですか?

吉本　置き換えて言うとそうですね。

あと「自信」、つまり、「とにかく自分を信じる」ということ、もうそれに尽きるんです。それは、ホ・オポノポノ的に言えば、「ウニヒピリとの関係がうまくいっていれば、自信は揺るぎなくいつもそこにあるはず」

なんですよね。

そこさえしっかりしていれば、たいていのことが起きても——たとえば現実的にものすごいことを見てしまったり、ものすごくショックな出来事に遭遇した

＊27　「内なる子ども」に語りかけたり、話を聞いてあげたり。体を労わったり、クリーニングそのものもウニヒピリのケア。

り、ほんとうに極端に言うとレイプされてしまったり、身内が変なかたちで亡くなってしまったりなど、「これはちょっと受け止めきれないな」というようなインパクトに関しては、もちろんだれしも時間がかかると思うんです。

その時間のかかり方も含めて、自分のウニヒピリと良好な関係があり、そこから来る自信さえあればケアされると思うんです。

平良　問題に直面している方々にとって、勇気をもらえる言葉だと思います。

第二章 ❀ 自分らしい仕事・生き方

楽しさをセンサーにする

平良 久しぶりに学生時代の友人と会ったとき、「そういえば昔、『世界ふしぎ発見！』のミステリーハンター[*28]になりたがっていたよね」と言われたんです。

吉本 へぇ、すてき。似合いそうですね！

平良 昔そんなことを言っていたのかと知り、正直、恥ずかしかったのですが。

当時、私は芸能事務所に所属していました。「芸能人になりたい！」という夢があったというよりは、母の周りにいる、いわゆる業界人の友人たちが、ヒョロヒョロでノッポだった中学生の私に「アイリーン、モデルになったらいいんじゃない？」と声をかけてくださるようになって。

そのことに対して、私がどう感じるかよりも、華やかで洗練された大人たちが「いいじゃん、いいじゃん」と言っているムードのようなものに乗って、ワクワクした気持ちで事務所に入りました。

そこで、いくつかのテレビCMに出演すると、それを見た新しく出会う友人たちは、「ああ、アイリーンはそういう人なんだ」と私を見るようになる。

そういう流れの中で、簡単に自分を忘れていくという世界にいました。結論か

＊28　TBS系列で放送中のクイズ番組。ミステリーハンターとは番組内で酷暑の砂漠、熱帯のジャングルから、北極や南極まで行き、クイズを出題するレポーター。

らすると、向いていませんでしたが。

吉本 そんなに向いてなくはないと思いますよ。……でも、食べるのが大好きだから、モデルはムリかもしれないですね（笑）。

平良 そうですね（笑）。ばななさんの周りには、ほんとうのプロの方々が集まっていらっしゃると思うのですが、その世界に向いている人とそうでない人、またはそこで才能を表現している人とそうでない人のプレゼンス（在り方）って、決定的に違うと思うんです。

そのプレゼンスがあれば、どんなに遠まわりしてもプロになれるというか、プロになる道が向こうからやってくる。どんなに美しい人でも、それがない場合は、芸能界のようなあの環境はほんとうに厳しいと思います。

ほんの少しその中にいて、それが骨身にしみてわかったんです。

それを知っていく過程は、「違う」「つらい」の連続でした。やがて「いやだ」という気持ちが強くなる以上に、そこに身を置く私を、だんだんと周りが固定化して見ているほうが強くなっていき、身動きがとれなくなったのです。

「自分がどう感じているか？」「自分は何をしたいのか？」というウニヒピリとの会話がないまま、「人は私をどう見てくれるか？」ということを、証明することに時間を費やしていました。そして、むりやり見つけた目標が「ミステリーハンター」だったのだと思います。すてきなお仕事なので、むりやり見つけただなんて、ほんとうに失礼ですが。

吉本　芸能界の中でもまだ耐えられるジャンルみたいな感じがしますね。

平良　先日、こんなことがありました。友人がデザインした子ども服の撮影にモデルが必要だということで、「誰かいい子どもモデルいない？」と聞かれ、娘の公園友達の女の子が思い浮かび声をかけたんです。もちろんお母さんの許可をもらって撮影したんですが、その子は公園ではシャイなのに、カメラの前に立ったらまるで別人格が乗り移ったとしか思えないほど、輝きはじめたんです。

吉本　その子は向いているんですね。

平良　とても楽しそうに生き生きしていて。

それを見たときに、やっぱりブループリントってあるんだなぁ、と思いました。ただの向いている、向いていないという話のようだけれども、やっぱり人が向いている場所で向いていることをして、ストレスフリーの状態でいるとき、周りの人も究極に幸せで、何の抵抗も何のムリもない魔法の時間を味わえる。

吉本　そうそう。余計なカルマみたいなものが生まれないですね。

平良 そうなんです。後味もさっぱりしていました。

その場で誰も負けたりも勝ったりもしない。それぞれが、それぞれの場所で自分らしく、すべきことを淡々とできるスムーズさほど、美しいものはないなと、感動しました。

だから、できるだけその人らしくいられることが、ほんとうの意味でホ・オポノポノの教えを生きること。そういうことを日々のどんな小さなシーンでもいいので、実現していきたいですね。

当時の私は、「やりがいをなんとか決めなくちゃいけない、だとしたらここなのかな」と、自分の内側と対話をせず、落としどころを見つけていたんです。

吉本 やっぱり、難しい世界ですからね。その年代にそこを通らず、大人になってから芸能や美人界を通ってしまうことになったら、アイリーンちゃんきっと、ものすごく苦労したんじゃないでしょうか？　そこで昇華してよかったのかもしれません。

でも、そのモデルをした経験がやがて、ホ・オポノポノに関するグラビア的な本を作ったときに、写真がとてもすてきだったりしたわけだから、経験したのがよかったのかなと思うんです。

だから、そのときはつらくても、その時々をちゃんと楽しんで生きていれば、必ず将来に結びつくから、やはりムダではなかったと思います。

平良 楽しむ余地をどんなときにも持って、ほんとうに大切なことなんですね。

吉本 意に沿わない職場や家庭にいたとしても、「楽しさ」のようなものをセンサーにしていれば、必ずものごとは収まるべきところに収まると思います。たとえばそれでクビになってしまう可能性もあるんですよ。でも、楽しさをセンサーにしていけば、自分のいる場所は、一見悪くなったように見えても、流れの中でなるようになっていくと思うんです。

自分が平和で、自分が、「小さいけれど楽しいこと」を毎瞬選んでいれば、必ずものごとが収まるべきところに収まり、いなくなるものはいなくなる。

そういうことは、とても大切なことだと思います。

〝枠〟が一番の敵

平良 あるとき、ばななさんと、ある若い女性がお話ししている場面に同席させていただいたことがあって。

彼女は、「働いているその職場の自分は、ほんとうの自分じゃない、自分はお金が貯まったらそこを辞めて、ジュエリーデザインをやるんです」とばななさんに言ったんです。

私はてっきりばななさんが、そうだそうだと、その方を後押しする流れなのかなと思ったら、ばななさんは「今、◯◯さんが、やりたいことができてないってことは、やってないからだし、足りないことがあるんだよ」とおっしゃったんです。

吉本 だって、顔の表情の感じで何となくわかりますもの。そして、ほんとうにジュエリーを作りたい人はもうすでにジュエリーを作っていますもの。たとえ意に沿わない職場にいても、家に帰ってから自分の作りたいジュエリーのデザインを描いていたりします。

私だって二週間くらい休暇をとると「何かが書きたい……」と思って、いつのまにか紙に何か書いたりしていますから。

逆にいうと、みんな口では「ああしたい、こうしたい」と言っているけれど、果たしてやっていますか？ とは常に思います。

やらずにいられない、すでに夢中になっているというのが「やる」っていうことで、あまり夢中になっていなくて、「ほんとうにやりたいことがある」っていうことはありえないいんじゃないかな、というふうにはいつも思います。

平良 ばななさんがさらに続けておっしゃったのは、

「自分は、ほんとうはこうだ、だから今いる場所で、『これは自分がやりたいことじゃないんだけれど、仕方なくここにいるんだよ』という状態を生きるのは、人生のあらゆる場面に出てしまっている。それをまわりに見せていることは○○さんの人生をすごく不自由にさせているんだよ」

ということ。

それを聞いて私自身、頭にドカンと来ました。ほんとうにそうだなと。失敗を恐れ何もしないでいる状況もそう。

吉本 失敗は別にいいじゃない？ と思うんです。若くても若くなくても。「あー、やってみたら向いてなかった」みたいなのは、すがすがしいと思うんですよ。そういう失敗が積み重なっていくのが人生の醍醐味っていうところもありますから。

平良 その時も、ばななさんはこうおっしゃっていました。

「夢中でやって、失敗するならする。でも何もしないで、『ほんとうはこういうはずなのに……』という思いを抱えたまま、会社で死んだように働くのではなく、『こういうことを私はやっていきたいけれど、今はお金のためにここで働かせてもらっています。でも、ここでも私は私を表現していくから、よかったらみなさんも楽しんでください』というくらいの開いたスペースを持ちつつ、空いた時間は徹底的に自分のために使うということも、人生において表現方法の一つだよ」と。

吉本 会社*29にいる時間がもったいないし、会社やチームに対して失礼になってしまいますよね。

平良 このお話を思い出すと、今の自分の環境に不満がある時も、クリーニングする姿勢を思い出し、感情や在り方を仕切り直せるように思えます。

吉本 その都度、宇宙に対してちゃんと自分を表現していると、そういうところに行かなくてすむようになってきます。

まっすぐに表現していないと、いつまでも違和感のある場所に行くことになる。それは法則ですよね。

〝枠〟という言葉でどうしても表現してしまうけれど、その人が夢を叶えたかっ

*29 ホ・オポノポノでは、会社、机、エレベーター、パソコンなどにも意識があり、ウニヒピリがいて、私たちが声に出さない心の声も、ウニヒピリ同士では筒抜けだと言われている。

たり、こうなりたいというときに、無意識に決めているその人の経済圏や見た目などの枠が、一番の敵です。

これは自己啓発の世界でよく言われることですが、たとえば「明日パリに行けたらなぁ」と言う人の中に、決して航空券を買いに行かない人が多いです。「明日は仕事だから」「来週法事だから」。いろんなことを言って行こうとしない。でも実際には不可能ではない。お金が一文もなかったとしても、借りて格安で行くこともできる。不可能じゃないのに行ってないわけだから、叶うわけない。

それらは自分の枠を決めているからです。

「私は急に飛行機に乗ったりしない」「計画を立てないで外国に行ったりしない」「お母さんもしなかった、おばあちゃんもしなかった」といった、それぞれの枠があって、その枠に似た感じの人がまわりにいるから、ますます枠は破れなくなっていく。

だけど、変えるのは簡単で、たとえば金髪にしてみたら？ 丸坊主にしてみたら？ そうするとまわりの見る目が変わるから自分も変わる、くらいの簡単なことなんです。

その積み重ねが、夢を叶えるということに結びつくんです。

だって、トライするたびに何かが動いて「自分自身」に一歩一歩近づいていくわけでしょう?

平良 それがほんとうの自分に近づくためのプロセスなんですね。

現実の中に答えがある

吉本 たとえば、批判じゃなくて純粋な疑問なのですが、こんな話もありました。その人は、絵画を大学で専攻しているまだ若い男性で、自分の絵のスタイルを極めたいわけですね。「絵を描きたい。でもまず、どこから大学に通おうか」で迷ってしまって。その次に実家でトラブルがあって、解決のために長く帰省して休学しちゃって、結局、絵は描いていない。

もし私だったら、多分何があろうとどこにも行かず……実家にも下手したら行かないだろうことまでは自分でもたまにどうかと思うけれど、「これを完成させよう」って、ただ小説を書くと思うんです。一個できあがってから、とりあえず住むところをさがそう、みたいなことに具体的にすぐに入っていくから。

だから、もしかして絵を描くことは、彼のしたいことじゃないんじゃないかな、というふうに思ってしまって。

だけど、もし「絵で生きていきたい」と思うのであれば、その生き方だと大変な矛盾が生じてしまうから、早いうちにやめたほうがいいんじゃないかなって。後悔のないように生きるならそのほうがいいと思ったんです。

もしそんなふうに、プロセス自体が好きなのであれば、プロセスを堪能できる職業につけばいいと思うんです。

平良 プロセス？

吉本 たとえば、個人で作る作品ではなくて、誰かと何かを共同で完成させたり。涙あり笑いありモメ事ありで何かを作るというものに対して神様は向かっていきなさいと、そんなにその人に示しているのに、ほんとうに自分の枠って外せないものなんだなと思いました。

たぶん、彼は絵画にたくさん触れる環境に育ったから、憧れを持ってしまい、自分の生き方と違う生き方を志向してしまって。

心から深く自分を騙して間違えているからこそ、間違ったことが何回も起きるという、そういう、からくりの世界に入ってしまっているし、そういうことは誰にでも起こりうるなと思ったんです。

私だったら、もう、すぐ書きはじめるって、ほんとうに純粋に疑問に思ったんですよ。だって、人生は短いでしょう？ だから住むところより、実家のトラブルより、小説を優先させたい。

たとえば私は、健康診断の検査で軽く引っかかっただけで、「あれ書いておかなきゃいけないから、ちょっと急がなきゃ」みたいに、もうそういうプランが浮かぶぐらいだから。「五年後に書こうと思ったけれど、いま書かなきゃ。だとしたら、どうしたらいいんだろう」、一瞬でその考えになるということは、私は、私のしたい仕事をしているんだなと思って、あらためて深く納得しました。

平良 そこまで思えないのは、単なる憧れなのですね。

吉本 だから、憧れっていうのは危険だなと思います。現実の中にこそ、憧れへの答えがあるんです。

まわりの人の「なりたい」「憧れている」「なれるんじゃないか」というのを聞いていると、たいてい自分の本質を見つめたリアルな判断と少し違う感じがします。

〝憧れ〟をクリーニングすると枠が広がる

平良 「憧れ」「夢を持っている」。そういうことも意外と心の平和を乱す要因だと思います。ホ・オポノポノを通して、それに気づくようになりました。

吉本 一般的にいいこと、って言われることですよね。

平良 ワサワサしちゃうような状態。

吉本 キャー！　みたいになっちゃう。

平良 ホ・オポノポノを実践していくと、それらも記憶だとよくわかるんです。「ケガしちゃった」「事故が起きちゃった」「お金を失っちゃった」など、自分にとって一見マイナスに働いたり、心を乱される出来事が起きたときは、クリーニングしやすい。でも、憧れ続けてきた人と出会ったときも、意外と心は同じぐらいざわついているんです。

吉本 キュウッとなっていますよね。そうなるのは、やっぱり平和じゃないですものね。自分とペースが合わない状況というのは、なるべく避けたいです。

でも、必ずペースを乱されることが起きるのも人生。そういうときに「どうあれるか」というのには、一番興味があります。

平良 たとえば、ばななさんとはじめてお会いしたときに、もう嬉しくてたまらなかったんです。小さいころから大好きで、作品を読み続けてきた、世界的な小説家さんと実際に会えるという、その異常なほどのワクワクもヒューレン博士からクリーニングしなさいと言われました。

「人に対する憧れ」に限らず、「憧れている仕事」「憧れている生き方」も同じです。クリーニングすればするほど、何かが失われるというよりも、もっと枠が伸びて、外れて、自分が意識していたところとは少し違うけれど、自分にぴったりのものと出会える確率が高くなる。

吉本 下からじわっと湧いてくるようなイメージですよね。

平良 そうなんです。遠くのどこかを探したり、目指すものではなく、「おっと、いつのまにか起きていた」「ああ、こんな感じなのか」って。

吉本 わかります。

平良 ヒューレン博士は「そういう『憧れているもの』を持っていたら、それはクリーニング事項であって、別にそれがあなたの人生のコンパスではないんだよ」とおっしゃっています。

憧れや夢が現れたら、まずはクリーニングをはじめる。そこに焦点を合わせると、理解を超えるいいことが、ほんとうに増えたんです。〝いいこと〟っていう言葉じゃ小さすぎるくらい……。

吉本　自然なことですよね。

平良　自然でムリなく広がっていくように枠が外れていく。

考えてみると、「憧れ」というものが、自分を小さく閉じ込めてしまうパターンは、意外と多いのかもしれないですね。

吉本　それも枠なんですね。自分の作った枠は、憧れに深く関わっているという気がします。その憧れも、たとえば自分の周辺や経済圏、はじめについた職業など、それに基《もと》づいている場合が多いから。ほんとうの自分の状態だったら選ばないことかもしれません。

「私の平和」とは？

平良　憧れは、「心の平和」を乱すことにもなりえるということか……。

吉本　私にとって究極に言うと、書くこと以上に大切なのは、やっぱり「心の平穏」。まさに、ホ・オポノポノでいうところの「私の平和」[*30]です。だから、心の

*30　ホ・オポノポノでは「私の平和」という祈りがある。

平和を乱すような出来事というのが、私にとって、クリーニング事項という感じがします。

平良　ホ・オポノポノの講師たちがよく〝Peace〟という言葉をつかうのですが、それを日本語の本の中では、〝平穏〟や〝平和〟と訳して伝えています。

　ここでいう〝Peace〟という言葉の意味をぜひ、ばななさんの言葉で説明していただけますか？

吉本　日本においてだと、〝穏便〟と近いですよね（笑）。でも、そうじゃなくて……落ち着いた状況という感じでしょうか。心はクリアで、落ち着いている。

　映画監督のデヴィッド・リンチ＊31さんが、たまに自分の作品に出て演じておられて、あの人を見ているだけで癒やされる気持ちは、瞑想を長年しておられて、心が平和だから。

　だけど、なぜかたいていの瞑想している人には、平和を感じないんです。

平良　たしかに、そういう方を見ることがあります。

吉本　ふと思ったのは、バリ島に住んでいる、私が尊敬している大富豪「バリ島のアニキ」こと丸《まる》尾《お》孝俊《たかとし》＊32さんがおっしゃっていたのですが、「それは『自分だけだから』じゃないか。『自分だけいい』っていう状態は、ちょっと違うんじゃな

＊31　アメリカの映画監督。ドラマ『ツイン・ピークス』、映画『イレイザーヘッド』『エレファント・マン』『マルホランド・ドライブ』など多数。映画監督のほかに、脚本家、プロデューサー、ミュージシャン、俳優、アーティストなど活動は多岐にわたる。

＊32　「バリ島のアニキ」と呼ばれ現地の人々に慕われる日本人大富豪。独自の哲学でバリ島の人々の人生を変えていく姿を描いた書籍が原案の映画、『神様はバリにいる』は堤真一主演で2015年に公開。

いか」って、いつもおっしゃるんですよ。

「『自分がよければいい』っていう幸せもあるけれど、それってどうなの？」といつもおっしゃっていて。

平良　よくわかります。

吉本　丸尾さんのメルマガで読者からこんな質問があって。

「私のお店はとても小さいけれど、いい感じのお客さんが来て、何とか食べていけるし、ほんとうに幸せで充実している。でも、お金はそんなにないし広がりもなくて。こういう平和さってどうですか？」と。

丸尾さんは、「『自分だけがいい』っていう人生だから、面白くないんじゃないの？　なんか違うと思うよ」とはっきりとおっしゃるんです。

だから、瞑想していても平和を感じられない人に関しては、そこなのかなと思ったんです。

ほんとうの平穏や平和というものは、まわりにも違和感を感じさせないし、効率を重視していなくても、とても効率よく動けるというか。そして人を助けることができる。

宇宙の流れに沿っていくということじゃないかなと思うんです。

平良 つまり、神聖なるブループリントに沿った生き方とよく似ていますね。どんなに自由と叫んでいても、内側で、何か本人だけにしかわからない、消しきれていない記憶を持ったまま何かを表現し、行動を起こしているとき、そこには何か衝突する要因が、自然と現れてしまっているような。

ヒューレン博士たちがおっしゃっているのですが、「どんなにそこに華やかさ、美しさ、正しさがあっても、それぞれのウニヒピリ同士、みなお見通しで、自分の内なる問題を、相手のウニヒピリは見ている」と。

吉本 いつわりの華やかさは「見て」って強く吸引してきますよね。その人の中から自然に出てきた魅力じゃなければ、圧力を感じる。その圧力が私にとって居心地が悪かったりします。

そこに自然な感じがあれば平和だと思うし、平和は誰のことも傷つけないし、誰とでも一緒にいられるから、そういうのがいいなと思うんですが、なぜか難しいことが多いですよね。その難しさが人生の一部なのかなとも思うんです。

でも、少なくとも私たちは肉体を持っている。だから、肉体の快適さが平和に結びつく可能性も高いですよね。快適な環境や快適な気温、快適な移動っていうのは、肉体にとってはとてもプラスですよね。

平良　確かにそうですよね。肉体を司っているのはウニヒピリですし。どんなときでも、自分に対しても、相手に対しても、体を労わるということを意識すれば、何かをやりすぎたりしてしまうことも防げるかもしれませんね。

そのこともウニヒピリとの対話になります。

設定を書き換える

平良　ところで、心の平和を保ちながら、自分らしい未来へたどりつくためにすべきことは何でしょうか。

吉本　まずは自分の望みを実現させたほうがいいですよね。つまり、日々、大切に生きていて、いつのまにかたどりついたところが自分の行くところであって。「いつのまにかいるところ」以外のところは、ほんとうに自分の行くところじゃないんじゃないのかなと思うんです。

みんなどちらかというと、ここにいるのに気持ちはお留守になって、「来年の自分の目標」を考えているけれど、「この場所で、今日、自分はどうであるか」ということが連れていってくれるところこそが、その将来だと思うんです。

平良 ヒューレン博士がいつも、

「今日この瞬間、『ほんとうの自分を生きる』ことがどれだけ貴重か、そのことに気づきなさい」

とおっしゃいます。

「今」をクリーニングしながら生きることで、過去と未来に置いた記憶もクリーニングされる。だから「今」に戻ってクリーニングすることが大事だと。

「自分を今日生きる」ことが、来月、来年、十年後とつながっていくんですものね。だから、「枠」に捉われず、いま自分がどう生きるか。


吉本 日々、しみじみとそう思うんですよね。好きなことは好きだし、嫌いなことは嫌いだし、そういう選択で未来は決まっていくから。

宇宙マッサージのプリミ恥部《ちぶ》さん[*33]が、「設定さえ書き換えれば変わるのは簡単ですよ」とおっしゃるんですよ。

私はちっちゃいころ、すごくQちゃん[*34]が好きで。入れ墨まで入れているぐらいだから、ほんとうに好きだったと思うんです。そうしたらいつのまにか、ほんとうにQちゃんみたいにおやつ食べながらゴロゴロゴロゴロしていて（笑）。「ヤバい、実現してる」って、いつも思うんです。「これが夢だったら叶っているけれ

＊33 著名人から経営者まで幅広いファンをもつ。体のみならず精神や運気までアップデートしてしまう神技の持ち主。手のひらでおこなうその施術は「宇宙マッサージ」と呼ばれている。

＊34 ギャグ漫画『オバケのQ太郎』の主人公。藤子不二雄漫画の代表作の一つ。普通の家庭に住みついたオバケが引き起こす騒動を面白おかしく描いた作品。

ど、なにか設定間違っていたかな、でも叶っているんですよ」みたいな。

平良　あはは。

吉本　私がQちゃん以外に書き換えたいかどうかは別として、プリミ恥部さんは「自分の設定を書き換えれば、その設定になっていくから、何かを実現するのは簡単なことなのに」って。確かにそうなんだろうなと。

設定が「うちは貧乏で苦労して」――アイリーンちゃんのことじゃなくてね――「だから二十四時間働かなくちゃいけないんだ」とか、「お母さんが『きちんとした女性になりなさい』と言ったから、どんなに暑いときでもストッキングを穿かなきゃ」とか、しみついたギュウギュウの設定から逃げられない人がたくさんいて。

でも、その枠というのはたいしたことじゃなくて、やはり先ほどお話ししたような「あした坊主頭にして会社に出社してみたら、すべてが変わるよ」くらいの問題なんですよね。

勇気がある、ないとかではないんです。自分の「枠」がすごく固定されていて、潜在意識の中までカチッとなっているからできないだけであって、空気を動かしてみるのは簡単なんです。

親の影響による枠

平良 自分が設定した「枠」に関して、親の影響が深く関わっていると思うのですが。

たとえば私の場合、両親ともに両極端な性格で、どちらも奇抜というか。とくに、母は激しいタイプの印象なので、私は小さいとき、いつもまわりの人たちに「すみません」という気持ちになっていました。母がいるだけで、ちょっと場が揺れちゃうことに申し訳なさを感じる変なクセがあったんです。

もしかしたら、先ほどばななさんが指摘された、私のバッグの話もそうですが、自分のことを褒めてもらうと、すぐ「すみません」という気持ちが出てくるところに関係しているのかなと思いました。

吉本 でも、お母さんは人生で様々な体験をしていらして、直感に従って独自の生き方をしていらしたのだから、やっぱり子どもは「すみません」って言ったほうが生きやすかったと思います。だから、すごく頑張って変えなくてもいいのでは。特殊な家庭が弱みでもあり強みでもあるわけですから。

平良 ちょっとしたクセから食べ方、住まいの選び方までも、ほんとうに家族の影響ってすごいことです。

吉本　そうですよね。それは心の奥底に入っている影響だから、ほとんど「呪い」と言ってもいいぐらい。良くも悪くもね。もっとニュートラルに言うと〝暗示〟。解こうと思っても解けないものだけど、それが枠だということには、やはり気づいておいたほうがいいですよね。

平良　ばななさんは、ご両親の影響による枠に対しての気づきと、そこを抜けようと思ったご経験はありますか？

吉本　父[*35]には良い影響ばかりもらった気がします。

ただ、最後まで父の強すぎる庶民志向というのは、私はあまり好きになりきれませんでした。「庶民っていうのはいいものだ」みたいな時代を生きていないので。ちょうど庶民が荒れはじめたころに育っているから、「いや、そんなにいいだけのものじゃないと思うけど」っていうのが、私の父に対しての反発というか、「違うな」と思うところは唯一そこだけです。

父の「庶民であれ」という、強烈な志向性は私にとって結構長い間はずせないところでした。最近になってやっと自分のカラーがわかってきたなと思うところです。

＊35　吉本隆明。詩人、文芸批評家、思想家。東京工業大学卒業。戦争体験の意味を自らに問いつめ、1950年代、文学者の戦争責任論・転向論で論壇に登場。60年安保闘争を経て、61年雑誌『試行』を創刊。80年代からは、消費社会・高度資本主義の分析に向かう。日本の戦後思想に大きな影響を与え「戦後思想界の巨人」と呼ばれた。

母に関しては、アイリーンちゃんと少し似た感覚を持っていて。

私の母はとにかく正直な人だったので、私はいつもまわりの人たちに対して「母が正直ですみません」と言っていました。

「なんか『すみません』って、つい言っちゃうよね」みたいなところが、アイリーンちゃんと気が合うところだと思うんです。あまりに大胆な発言をするから、もう「やめて！」ってずっと思っていました。

私も気をつけているんですけれど、母に似て物言いは、どうしてもキツくなりがちです。もはや、直せない域に入っているかもしれません。

平良 しみじみ（笑）。

吉本 たとえば母は、私の彼氏のお母さんに、「あなたみたいに休みの日に一日中ナベ磨いているなんて、そういうの大っ嫌い」って言う人だったんですよ。

平良 うちの母もそういう強烈なことをたまに言ったりしますね（笑）。

吉本 ベティさんは、ふつう「悪い人じゃないけど、私はちょっと合わないから」って濁すところを決して濁さない方《かた》ですものね。うちの母もそうだったので、ほんとうに苦労しました。

「あそこまで言うことないよ」と言うと、「でも、これで一生会わなくてすむからいい」みたいな感じなんです、本人は。でもまわりは大変で。

平良　私も母と似ている言動を人に指摘され、ぎょっとするときがあります。私の中にもこうして枠があるんだなって。

吉本　あるのかもしれないですね。でも、そんなに頑張って外すような枠じゃないような気がします。

平良　気づきがあればクリーニングするけれども、直らない。

吉本　問題は心を広く保てるかどうかで、ギュウッとタイトに締めちゃうというか、風通しが悪いというか、そういう気持ちにならないでいられたら、ある程度ものごとは流れていくような気がします。

みんな摑んで離さないというか、ギュウッとなることにとても一生懸命になっているように私には見えるときが多いです。だからといって、自分がならないかと言うと、もちろんそんなことはなくて。

平良　それは私にとってもクリーニング事項です。

活躍できる場所はどこ？

平良 ところで、私のまわりでは、「やりたいことが見つからない」「活躍できる場所がわからない」といった悩みをよく聞きます。

吉本 悪い例として挙げるというのは、すごく失礼だと思うけれども、わかりやすい例として。

私の知り合いで、ものすごく料理がうまい人がいて。料理がうまいというか手早い。こんなときまで作るのかっていうときにも作る。たとえば夜中にヘトヘトで帰ってきて、今日このまま寝ようよというときでも、「今からうどん作るか」みたいな人なんです。このぐったりした状態から立ち上がってうどんを作るというのは、なかなかできないことだから、この人はそれが才能なのかなと思うんですが、なぜか彼女は飲食業には行かないんです。

「こんなこと自分にとっては大したことじゃないから、才能じゃない」って言うんですよ。でも、私から見たら偉大だし、すごいなと思って感心して、いつも褒めてあげるんですが、「いや、違う違う。これは当たり前のことだもん」って絶対聞いてくれなくて、スタイリスト的な仕事や財テク的なこと、ＩＴ的なことといった「憧れ」のほうに気持ちが行ってしまうんです。

もしその人が「ほんとうの自分は夜中三時に帰ってきても、うどんを作れる自分」というふうに捉えてくれれば、もっといろんな出会いがあったり、いろんな生き方が見えてくるのに、ないもの、ないものって行くのが人間の憧れというものの質だなと思うんです。

じゃ、なんで憧れたほうに行きたいのかというと、「ほんとうの自分が嫌いだから」というところに循環しちゃうんですよね。

平良　ばななさんがおっしゃる「ほんとうの自分」というのは、憧れる感情をどんどん手放していった先にしかないということでしょうか？

吉本　ないですね。それこそクリーニングの果てにあるものがほんとうの自分ですよね。

平良　どんなに疲れていてもサササッと料理できるなんて、まるで宇宙の流れの中にいるようにさえ思えますよね。

吉本　その人のたとえは、とてもわかりやすいと思うんです。傍《はた》から見たら「なんで？」って思うようなことですが、本人にとっては当然という世界。「枠」の中にいるから、枠をクリーニングで外していくということが大切で。

わかりやすく結論すると、その人の「ほんとうの自分に出会って、ほんとうの自分を生きていく」ということにひいてはつながると思うんです。だから、やりたいことが見つからない、活躍できる場所がわからない悩みも、まったく同じで。

講演でそのような質問に答えるとき、人類全体を一つの人間の体にたとえて話をしています。

この世には大勢の人がいて、それぞれ違うことをやっているのに、あなたはファッションモデルから田舎のおばさんまで、ひとりでみんなカバーしようとするけれど、それはまるで「いや、私はお尻はいやだ。頭がいい」「女の乳首はいやだ、男のほうがよかった」と言っているのと同じだと。

「そんなこと言ったって」と体全体は言うでしょう?

肝臓に「じつは腎臓がよかったんだよ」と言われて働いてもらえなかったら、全体が困ってしまう。

だから、自分が、「なんで爪先?」ということを悩んでいるよりも、「自分は多くの中の一部だから爪先なんだな」「お尻の穴なんだな」って(笑)、そう思うと、たとえばお尻の穴の細胞のまわりには、お尻の穴仲間がいるわけじゃないですか(笑)。それで楽しいかもしれないですよね?

「耳のあたりって羨ましいな」なんて言っている場合じゃないというか。肝臓が

「私も濾過《ろか》したいんですよ」と言っても、「いや、むしろ有害物を分解してください」という話でしょう?

それと同じことを神様は私たちに思っていると思うんです。たとえばお尻の穴のまわりだったら、お尻の穴まわりの筋肉だけの楽しみがあるかもしれない。それは肝臓や腎臓には全然わからない楽しみ。その場所のよさというのは絶対にあるはずだし。だから、なんでそんな別のところに移植してくれみたいに思うの?って。

平良 それでも自分をまわりと比べてしまったり、憧れたり、こうある形が自分にとって最高の幸せなんだと強く思ってしまう。

吉本 それは、一つは洗脳されているということ、もう一つは自分の置かれた場所がどうにも気に入らず、受け入れられないけれど、自分で変えていく気もないということですよね。

それでも、「自分には自分だけの才能がある、それが、自分の記憶が求めているものとは別の場所にあるかもしれない」ということを知っていれば、少しはラクになるかもしれません。

やっぱり肝臓は分解するのが仕事だし、腎臓は濾過するのが仕事だし、まつ毛は目にゴミが入らないようにするのが仕事だし、それぞれやることは違うけれど、なぜそこに配置されているのかという中でのパフォーマンスを最大に発揮することと以外できることはないように思うんです。

それ以上のことを考えるのが向上心だと思いすぎるのは、資本主義社会の仕組みにも毒されているし、コンプレックスを刺激するものは日々たくさんあるし。だから、とりあえず一人でクリーニングして素《す》の自分に戻っていくということしか人間にできることはないんですよね。

この宇宙のシステムはそんなにひどくできてはいないと思います。自分を否定しないと生きられないということはない。少なくとも私たちはまだ恵まれています。それを最大限に享受していかないと。

平良 私は結婚したばかりのころ義父母と同居していて、今までにない環境の中で、自分のすることなすこと全部、「夫の家族にとって違和感だと感じられている」と感じることが続き、居心地があまり良いとは言えませんでした。

一度それに気づくと、気にしたり、行動を変えてみたり。やっぱりここに私はなじまないんだと頑なになってみたり、卑屈になってしまったり。心身ともに疲弊していました。

「自分の家のように過ごしてね」と義父母から優しく声をかけてもらい、広いおうちにるんるんしていたのですが、広いおうちは広いおうちなりにいろんなルールがあって。

大きな冷蔵庫の中には、その日食べるだけの新鮮な食材しかないから、つまみぐいもできないし、食後のポテトチップスなんてもってのほかで、買って置いておくと健康について心配をかけてしまうし、それを意識してあえて意地になって、一人でポテトチップスを食べても味がしなかったり。

いろいろ試してみましたが、最終的には食後の散歩と称して近所のコンビニでビールとおつまみを買ってそこで堂々と飲み食いするというのに落ち着いたんです。今では笑い話ですが、すごいタイミングで、犬の散歩に出たお義母さんに見つかって苦笑いとか。私の中の何の記憶がこのような不自由な体験を起こしているのだろうとクリーニングしていました。意識があることに気づいて、それに反応したまま、いろいろやっても必ずまた何か違和感を体験することになるんですよね。ウニヒピリが見せてくれることをクリーニングしない限りは、必ずまた気づくきっかけは目の前に現れます。

今も試行錯誤ではありますが、今は先ほどの体の部位の話のように、「あなた早く心臓のような規則正しいリズムで動きなさいよ」と言われて、私も心臓らしくふるまってみるものの、やっぱり「人差し指」としてベストを尽くすしかできないなと、双方で気づきあっていく過程にいるように思います。そして、異なる私を受け入れようとしてくれる新しい家族に、感謝と愛しさは増していくばかりです。

吉本 「ああいう人だし、しかたがないね」となるのが意外にも個性として認められたってことでもありますね。

平良 たしかにそうですね。まずは今いる場所からクリーニングをはじめてみる。そんなことが、とても現実的に働くような気がします。

吉本 自分の特殊性をつかんで、それを活かせる適材適所に置かれていれば、そう不思議なカルマは生まれにくい。それに尽きる気がします。

それぞれ違う人生

吉本 あるとき、作家で疫学者の三砂《みさご》ちづるさん[*36]と、アイリーンちゃんみたいに、ほかの国に嫁いだだけではなくて先方がしっかりした家柄で、文化が違うと

*36 津田塾大学多文化・国際協力学科教授。著書にベストセラー『オニババ化する女たち――女性の身体性を取り戻す』（光文社新書）ほか多数。

ころに嫁ぐたいへんさについて話していて。
　三砂さんはブラジルの人と結婚されていたので、「やっぱり、たいへんですよね」と言ったら、「いや、私は全然そういうの平気。むしろ先方に添《そ》っていって別の世界の中身が見たい」とおっしゃって。こういう人もいるんだなと思ったんです。

平良　ワオ！

吉本　大学の夏季休暇のあいだに四ヵ国に行って「この夏はエチオピアとコンゴとブラジルとキューバに行ったの」「いやあ、サソリがさ」「森の中でゴリラを観察して」っておっしゃっているんですよ。

平良　自由ですね！

吉本　そんなに自由が好きそうに見えるのに、結婚については「そういうのは得意なんだけど、結婚生活を自分で決めていくのは全然苦手。相手の言うこと百パーセント聞いてあげたい」って。三砂さんはブラジルで前の旦那さんと別れて、二人の男の子を連れて日本に帰ってきたときに、大変な離婚でやっと自由になれたのに、「一人で生きていく理由がわからない」と思って、お見合いで再婚したそうなんです。

平良 タフな方なのに、やはり結婚生活が向いていらっしゃると。

吉本 再婚された旦那さんが病気になったときの看病も「私は全然苦にならない、常に何かしてあげたいの」と言って。三砂さんのマッサージは天下一品なのに旦那さんは「マッサージなんて大嫌い」とおっしゃったそうなんです。体によかれと思って煮物やジュースを作っても「おふくろの煮物じゃなきゃ食べない」「ジュースなんて伊藤園のが一番だ」なんて言われて。

平良 ガーン。せっかく手作りなのに。

吉本 「とにかくあの人は私を全然使いこなせない人だったのよ。私、こんなに便利なのにねぇ」って（笑）。

平良 なんてすてきな方でしょう！

吉本 旦那さんをおうちで看取られて今は自由なんですけど、「やっぱり、そういう自由はあまり向いてないみたい」って（笑）。

強くてたくましくて何でもできるのに、結婚や男女に関してはめちゃくちゃ保守的なところがある方なんですよ。それなのに自由ですてきなそんな人がいるってことは、そうじゃない人もいて、いろんな人がいて当然だなって私はすごく納得したんです。だから世の中って、全部がうまくできている。

その人それぞれに向いていることってある。だから、自分に向いてないことはやる必要ない。私、心からそう思ったんです。

平良　それだけ違う人がいるなら、「じゃ、私はこちらで」と素直に「自分らしさの道」へ進んでいける気がしました（笑）。

吉本　そうそう、しょうがないですよね。

三砂さんもまた百パーセント、己を生きておられるから、極端な例ですけどね。

平良　極端って大切かもしれませんね。微妙に近い似たような人たちの中で比べあっていると、自分らしくいたいと思っても、結局、同じような枠の中に戻ってしまうようなときがあります。

吉本　すべてが一見小さい差に見えて、自分もできるかな？　って思っちゃうかもしれませんね。

平良　そう、自分の努力が足りないかなと思ったり。それがSNSだと、たとえばほんとうは遠い世界の話のはずなのに詳細に見えるから、今の自分と比べたり。

吉本　なぜか近く感じられて自分を重ねてしまいますよね。

平良 そう。私、もうちょっと頑張ったほうがいいのかな、と焦ったりしやすい。

吉本 この人こんなきれいにしているんだから、私もきれいにしようって思っちゃいますよね。でも、違うんです。

平良 三砂さんのような魅力的な方のお話を聞くと、「あ、私も主人の家に添っちゃおうかな」と思いそうだけれど、私が今それをしても、少し違うのかもしれない。

吉本 だからこそ、それぞれ違う人生なんだなと思います。

平良 そして、クリーニングしたり自分を生きる間に、ある時ふと、自分が変われそうに思えるときもあります。

吉本 それは素直に受け入れたらいいんじゃないでしょうか。ほんとうに変わって、新しい景色が見えるのもいいし。

どうしたら自分は大丈夫でいられるか

平良 先ほどお話ししたように、私は幼少期、家庭の事情から心が落ち着かない日々をおくっていましたが、勝手な推測ですが、ばななさんが育った家庭環境は、いろいろな人やことが毎日行き来するようなおうちというイメージがあり、別の意味でつらかったのではないでしょうか。

吉本 そうですね。大変でした。家の中にいつも知らない人がいて。たとえ知っている人でもやはり他人であって。他人がいつも家にいるのは、とくに思春期は、いやじゃないですか。自分だけの時間が欲しいし。だから、それはすごくつらかったですね。

私の小学校のときの親友というのが、落ち着かない特殊な家庭環境でも、「自分」を生きた人で。ほんとうにすごい人物なんです。心から尊敬できたし、今も尊敬しているんですけど。

その親友の家がすごい山っ気のあるお父さんで。次々に博打のように事業をしちゃう。エスカイヤクラブ[37]を任されていたり、かと思えば健康食品を急に輸入して販売したり、夜逃げもしたり。

平良 すごいバイタリティのある方ですね。

吉本 そうなんです。お母様がとてもきれいな方で、本格的に着飾っている姿もたまに見せてもらったり。一度エスカイヤクラブに連れていってもらったことが

＊37 エグゼクティブ専用の会員制社交場。

あって。バニーガールがいて、子どもだから嬉しかったけれど、いつも新しい事業を手がけているから経済的にアップとダウンがめちゃくちゃで。
親友は鍵っ子で、ほとんど両親が家にいないんです。そして、立派なマンションにいるときもあれば、とても小さいアパートにいるときもあり、〝おばさん〟っていう人のアパートにいるときもあって。とにかく住まいが定まらないのに、どんな場所でも彼女は常に落ち着いているんですね。

平良 それはすごいことですね。

吉本 あるとき急に、「あさって引っ越すことになって」と言い出して、「え？ そうしたら学校も転校？」「いや、通う。別に電車に乗れば来れるから」と言って。小学生でこの距離を通学？ というような遠くなのに。
その日もふつうに夕方テレビを見て一緒にポテトチップスを食べて。彼女はご飯も自分で作っていたので私の分まで炒め物をして、一緒にご飯なんかのんびり食べちゃって。そして、「あ、もうそろそろ○○時」と言って、引き出しを開けて、その引き出しの一段の中身をそのまま一つの段ボールに入れて、次の段の引き出しからまた一つの段ボールに入れて。ぎっしり詰めないんですよ。「だって、こうしたら向こうに行ってすぐ出せるから」って。

私はびっくりしたけれど、この人はこういうことに慣れているんだということだけはひしひしとわかって。

私は引っ越しを経験したことがなかったので、「こんなこと、つらくない？近所の人とも離れちゃうし、友達だって変わっちゃうし」って聞くと、「いや、全然。おもしろいじゃない、新しいところ。どんな家かな、次は」って。

だけど、掛け時計の上にとても小さな紙の絵の切れ端が画鋲で貼ってあり、それを「背が届かなくて取れないから、取ってくれる？」と言われて。

少し背が高かった私も微妙に届かなくて、たいしたものに見えなかったから、「置いていってもいいんじゃない？」って言うと、「いや、あれはここにいるとき、ずっと大事に思っていたから」って、自分で椅子を持ってきて頑張って取ろうとしたんです。「いや、それだったら私のほうがまだ背が高いから」って取ってあげたら、「これは持っていかなきゃいけないんだ」って言うんです。

平良　彼女にとって、大切なものだったんですね。

吉本　彼女の子どもの心と大人っぽい心が混ざっている感じの切なさを、とてもよく覚えているんです。

この人にとっては、そのお父さんに山っ気があることが当然の環境で、好きとか嫌いとか、いいとか悪いといったことではないんだなと思って。

さらに、その引っ越しで、「この人、今からすごいちっちゃいところに越すのかな」って子ども心にも思っていたら、めちゃめちゃ大豪邸で（笑）。前の家にはなかったような革のソファーまで登場していて、なんであんな感じで引っ越したのにここなんだろうと思って、あまり聞かないようにしていたんですが。そんな状況の中で、いろいろありすぎて、彼女の落ち着きが形成されていったということもよくわかりました。

平良 その落ち着きは、偉大ですね。

吉本 あるとき、私のうちと何人かの友だち家族とのスキー旅行にその子を連れていったときに、ものすごく電車が混んでいて、満員電車並みにギューギュー詰めだったんです。

私は素直だから、

「もういやだ、こんな混んでる電車。越後湯沢までずっとこのまま？」

とブーブー言っていたのですが、その子は一言も文句を言わず、かといって明るく振る舞うこともなく、ただじっと満員の電車に揺られていたんです。

その態度を見たうちの父が、

「あの子がこれまでどういう生き方をしてきたか、どういう環境だったかがすごく伝わってきた。君みたいな素直な態度もすごく立派だけれども、あの子もほんとうに立派だと思う」

と言ったのが忘れられません。

平良　お父様、ほんとうにすばらしいですね。その方の〝その部分〟をちゃんと見ていらした……。

吉本　そうなんです。私の母は、「あの子の家庭は少し不安定でこわい」と言ってお付き合いを反対していたのですが、父は「あの子はいい子だ」と認めてくれていました。

今、その人には一年に一回ぐらいしか会わないのですが、うちの父が死んだときに、彼女は全然そういう義理堅いタイプではないのに、急に「行ってもいいかな、お葬式に」と言ってきたんです。

父の葬儀については限られた人にしか知らせていなくて、本人の希望でかなり小さいところでやったので、ふつうだったら断るところなんですが、

「もちろんいいよ、うちのお父さんはあなたのこと、すごく好きだったから」

と言ったら、

「いや、私、小さいときに、吉本さんのお父さんがいなかったら、多分死んでたと思うんだよね。お父さんにいろいろ言ってもらったことが人生の支えになってたからさ」

と言って、来てくれたんです。

平良 わあ……。自分を認めてくれる大人の存在が、彼女を救ったのですね。

吉本 これもまたいい話なんですが、うちの夫が葬儀でその人が手を合わせているる姿を見て、私たちがどういう関係かも知らず急に、

「あの人は特別な人だ。あの手の合わせ方はふつうじゃない。あの体の構えもすごい」

と言ったんです。ああ、わかる人にはわかるんだなと思いました。だって一見ふつうの主婦なんですよ。

平良 人はすべてが細部に現れるということですよね。その後、その方のお父様とお母様はどうされているのですか？

吉本 九州に引っ越しましたね。彼女を東京に置き去りにして。彼女が大学生のときでした。東京でいとこ二人と暮らすようになって。いとこのうち一人はすごくパーティが好きで、毎日のように大勢の人が家に来てパーティをしている中

で、彼女はやはり自分だけの世界に生きて、「うるさくても別に戸を閉めればいいし」なんて言って（笑）。

平良 どこまでも、落ち着いていますね。

吉本 もう一人のいとこは、ちょっとノイローゼみたいになり、「毎日うるさい、知らない男の人が家にいるなんていや」となったのに、彼女はまったく気にせずマイペースに暮らしていて。

彼女の場合は若いうちから自分の身の振り方について考える機会が多過ぎたから、そこまで定まったんでしょうけれど、家庭環境のせいにはできないんだなって思うんです。

極端なご家族ではありましたけれど、そういう環境だったら、もっとダメになってもおかしくはない。不良になるとか遊んじゃうとか、まったくそうならなかった。

「親がこうだったから、こうなんだ」と言う大人はたくさんいるけれど、親を恨むでもないし。すごい人だと思います。ただその人のままだった。

今もその人のまま。尊敬しています。

平良 「自分」を見ていくことが鍵だと思いました。

吉本 やはり自分を知っていて、どうしたら自分は大丈夫でいられるかを考え、行動するということですよね。

平良 ホ・オポノポノでは、何か問題が起きたとき、最初にウニヒピリに問いかける言葉は、「問題はどこにある？」[*38]ということです。

問題のほんとうの原因はどこにあるのか。外で起きていることでさえも、自分の潜在意識が溜め込んできた記憶であると、何度も振り返りながらクリーニングしていきます。

苦しい作業である場合もあるけれど、世界は一気に開いていく印象があります。

*38 ハワイの人間州宝でSITHホ・オポノポノ創始者であるモーナ女史は「外にはないの。あなたの内側をおそうじすることが大切」という言葉を遺している。

村上春樹先生と森博嗣先生

平良 ところで、台湾の裕福で華やかな人々と接する機会がたまにあると、自分は何のカテゴリーに所属しているのか、わからなくなる時があります。

吉本 カテゴライズされたその人たちを、ちゃんと受け取ってしまうと萎縮してしまうというか。

平良　萎縮しているときのその自分が、もうビックリするぐらい萎縮していて。
吉本　わかります、私もよく萎縮しますもの。
平良　ばななさんも萎縮するのですか⁉
吉本　ヨーロッパの本物のお城で貴族的に暮らしてる人にお呼ばれしたりすると、「私がここにいてすみません」みたいな気持ち、いっぱい経験しますよ。
平良　ばななさんでもそうなんですね……。
吉本　仕事上でそういうことってあるんですよ、たくさん。
平良　ばななさんが萎縮しているなんて、想像がつかない。
吉本　「みすぼらしくてすみませんね」みたいな（笑）。
平良　ばななさんの存在は、日本人といった「枠」がない、不思議な存在に映るだろうなというのは何となくわかります……。
吉本　私の感じって、わかりやすくないですよね。
平良　そうなんです。
吉本　物事、単純ですから。わかりやすいブランドじゃない人がいる、それだけでもういや、みたいに人々はなる。だから「小説家ですから」って言って、堂々と行くしかないんですけど。

ただ、新しいことをしていたいので、どうしてもカテゴライズされたくないというのはありますね。芥川賞や直木賞の選考委員にもならないし、文壇バー[*39]にも行かないし。

平良 文壇バーというのがあるんですか。

吉本 あるんですよ。そこに行かなかったからこそ、長く続けられたんだと思います。

平良 ブランディングがされてしまえば、あとはそれに合わせて人が評価を決めていくというか。

吉本 そうなんです。消費されるだけですから。

平良 人が評価して、消費して。そこには〝今の自分〟はいないですものね。

吉本 オリジナルでありたい人にはとても必要なことです。

ただ、ブランドだって、常に革新しているものだから、意味はあると思います。簡単にマーケティングに乗せようと思ったら、はっきり見せないといけない。

でも、そういうこととは別に、自分自身というもののオリジナルはあるはずですよね。でないとアートは生まれてこないと思います。

＊39 作家や編集者たちが常連のバー。夜な夜な集い、文学の話に花を咲かせる場所。

たとえば奈良美智《ならよしとも》さん*40に憧れて大きいアトリエで大きい絵を描いて、絵の具をいっぱい床に散らしてあっても、奈良さんの絵は描けませんよね。

それと同じで、「その人のスタイル」がやっぱり大切で。

ほかの人にはこれは心地いいけれど、自分は心地よくない。そして、自分は心地いいけど、ほかの人はいやだろうな、とか。

「自分は何が好きで、何ができるかな」というのがわかることが大事だなと思います。

平良　ばななさんは、型にとらわれないスタイルをお持ちです。最近、ばななさんの言葉や文章を、ご本だけではなく、いろいろな媒体をとおして読むことができるようになり、とてもエキサイティングです。

吉本　森博嗣《もりひろし》先生*41が『STAR EGG―星の玉子さま』*42（文藝春秋）という本を出されたことがあって、その本の出し方がすごく特殊だったんです。

私は若いときに小説家になったから、編集の方がみなさん年上で、「こういうふうにしたほうがいい」「こうふるまいましょう」と、そうやって教わってきて、ある程度の型ができていたんです。

それもずいぶん自分の力で壊してきましたけれど、こういうものだと思ってい

*40　世界的に評価されている美術作家。こちらを見返す人物をモチーフにしたドローイングやアクリル絵の具による絵画で知られる。日本の現代美術の第二世代を代表するひとり。

*41　小説家、工学博士。1996年、『すべてがFになる』（講談社文庫）で第1回メフィスト賞を受賞しデビュー。同作は、漫画化、ドラマ化、アニメ化などされ、多くのクリエーターに影響を与えた。エッセイや新書も多数刊行。

*42　2004年刊行。初めて自ら絵を描いた絵本。

たところに、『STAR EGG―星の玉子さま』に出会って。その本は森先生が自ら千冊買い上げ、それを送りたい人をインターネットで募集し、その送りたい人の中に私が入っていたんです。

私は普段ミステリーをあまり読まないから、森先生のことをお名前しか存じあげなかったのですが、本の内容は素晴らしかったんです。

そして、それをどうして送るに至ったかという経緯を読みました。

「印税を受け取らない理由」[*43]という文章として、実験的なことがしたかったという理由、そして、それがなかなかうまくいかなくなった理由などが全部書いてあって。

そうか、こんなこと、やっていいんだと思ったんです。心が自由になった。

そのときに森先生に、この考え方は立派だと思うみたいな感じの、もうちょっと下から目線で（笑）、礼儀正しくメールをしたら、それに打てば響くような返事をいただいて、小説家はこうやって生きていいんだみたいなことを知って、とても勉強になったんです。

あと、業界の中での形としては、私は村上春樹先生[*44]がいなかったら「存在」できない「存在」だったんです。多分、流されてふつうの軌道に乗っていたでしょ

*43 文藝春秋「本の話」２００４年12月号 http://books.bunshun.jp/articles/-/1715

*44 小説家、翻訳家。１９７９年、ジャズ喫茶を経営するかたわら書いた『風の歌を聴け』で講談社群像新人文学賞を受賞してデビュー。作品だけでなく、生活スタイルや志向性・人間性に心酔する熱狂的なファンが多く、ハルキストと呼ばれる。

うから。

平良　ふつうの軌道？

吉本　軌道というのはつまり、小説家になる、芥川賞獲る、もしくは直木賞獲る、そして、そのあと選考委員になる、いろいろな会に入って小説家と付き合う。それをしなくて済んだのは、あのとき春樹先生が全然違う動きを初めてしてくださったからです。

平良　なぜ、小説家の軌道に乗らないことを選ばれたのですか？

吉本　ただでさえ不器用なのに、書く時間が減るのがつらかったんです。

　春樹先生が日本の文壇から出てくださったので、あ、こういうこともあっていいんだっていう、可能性が出てきたのはちょうどあの時代なんです。

　その前は、小説家という名の会社に就職するのと同じでしたからね。ひたすら小さく隠れているつもりだったのが、春樹先生のその行動により、ますます心強くなったんです。

　春樹先生もはじめのころは、いろいろな人と対談したり、請《こ》われるがままにエッセイを書かれたりして、そして多分、そんなことをしていたら時間がもったいないって思われたんじゃないかなと思うんです。行動してくださったおかげで、私もやりやすくなってよかったです（笑）。

はじめの頃はしょうがないから同業者や編集の方についていくと、愛のムチという名でいちいちいじめられて、いやだなと思ったんですよね。だから春樹先生みたいにいろんなことを無視していこうと思って（笑）。その分本気で書いていこうと思ったんです。

平良 森博嗣先生の革新的な実験や、村上春樹先生の文壇に属さないやり方を見て受け止められて、今のばななさんがいらっしゃるのですね。

吉本 そう、お二人とも新しい作戦を実行してくださった。頭が上がりません し、何があっても味方でいたいです。森先生と春樹先生、お二人は私の小説家人生の大切な先生です。

平良 やはり、ばななさんが己を知り、ほんとうに自分がしたいこと、ばななさんが本来すべきことを、自然の流れの中で受け入れたからですね。

吉本 でも代わりに私はできないことや、しないことがたくさんあって、味わえないこともいっぱいありますし。

そのことを受け入れていくのも人生かなと思います。

流れを見る

平良　今のばななさんのお仕事のスタイルが気になっています。ばななさんは、長年営まれていた事務所を閉められました。お仕事も減らされているようですね。人生の中で、大きな変化だと思うのですが。

吉本　正直言って、事務所があることがすごくつらかったんですね。人を雇う責任というのが重すぎて、遠いところにいても仕事は進みますしね。これだったら、いっそ私が止まっているときは、事務所も止まっているほうがいいのかもしれないなと思ったところから、今の状況に至りました。

平良　どのように潔く決断できたのですか？

吉本　続けていたら自分が倒れてしまうなと思ったんです。子どもが成長したことによって再び夜型に戻れたので。でも、朝まで働くと、起きるのが午後近くて、生活のことをやると、もう夜六時過ぎているというリズムの中にもう一回入っていこうと思ったときに、事務所があると、経営にちゃんと関われなくなると強く思ったんです。

平良　変化を見逃さず、それに調和されたのですね。

吉本 子どもが小さい間は夜型でいられなかったから、合わない生活でもこの期間はしょうがないと思って過ごしたわけですが、それで本来したかった動きより、二、三年遅れましたけれどね。

平良 仕事をこれから減らされることと、夜型の生活になることはイコールなのですね。

吉本 イコールです。仕事先の人たちは昼間動いているわけで、皆さんがちょうど帰るころに、「仕事をはじめましょうよ」って私のほうから持ち掛けてもしょうがないから、その時差が大丈夫な仕事しかできなくなるわけです。

平良 その冷静な判断力を私も身に付けたいです。どうしても頭の中で、こうすることが一番の得策だ、なんて経験豊富でもないくせに考えちゃう。

吉本 変えるほうが大変だから。でも、変えなきゃいけないときは絶対変えなきゃいけない。

あと、やっぱり流れが自分に要求しているものを見ないといけないですよね。

平良 流れ？　もう少し具体的に教えていただけますか。

吉本 流れというのは基本的に、今の私で言ったら夜型の生活に戻れたから、夜仕事がしたいと。夜六時以降に原稿を送って大丈夫であるというような状況を作りたいということです。

書く仕事が夜したいということは、夜は人にあまり会わない生活をしたい。流れが要求しているものをよく見つめると、夜対談してお酒を飲みに行くような生活には戻れないし、夜友達と会ってキャッキャするような生活にも戻れないし（笑）、朝すがすがしく起きて洗濯物を干すこともできないし、じゃ、どうするの？ となったときに、流れが自分に要求している生活や仕事のやり方は、おのずとわかりますよね。

子どもが小さいときは、子どもが小さいという流れの中にいるわけだから、早く起きないとしょうがないし、だとしたら昼寝はいつできるかとか、いつ書けるかとか、流れと一緒に考えていかなきゃいけない。

子どもが小さいときにムリに夜型のままでいるんだと言ったら、流れと違うことをすることになる。そうすると、何もかもスムーズにいかなくなりますよね。だから、しょうがない。今、朝起きてることを楽しむしかないわいと思って、大勢人を雇っていました。

そして今、もうその生活はいいだろうと思ったということです。それで迷惑をかけた人たちには申し訳ないですけれど、仕方ないです。

平良　今の生活が自分に見せてくれている「体験」をクリーニングしていくと、本来あるべき流れがはっきり見えてくるのですね。

ばななさんがおっしゃる「流れを見る」というのは、つまり、「いま目の前に現れることをクリーニングして、インスピレーションを受け取る」ということなのだと思います。

クリーニングをしていると、必ず出てくるワード「インスピレーション」。これをどうやって受け取るのか、どうやったらインスピレーションを通して生きていけるのかという質問を多くの方がされています。

私はヒューレン博士やKRさんのすぐそばでお二人がインスピレーションをどう受け取り、どうクリーニングして、どう動かれるのかを見る経験をいただきました。それはまさに、ばななさんがおっしゃったような、いま目の前で起きている流れの中にある自分の「思い」「抵抗」「不安」を一つ一つクリーニングしながら、その流れに乗っていくような状態です。

吉本　流れって、よく見ればわかります。

ただ、自分をよく見ていなければ、間違ったインスピレーションが来かねないですよね。私だって、今でも朝早起きしてる人にとても強く憧れますもの。「朝型になろう」みたいな本を読んで、その気持ちになったりとか、なりかねないんです。

でも、できないことはできないんだな、とあきらめでもいいので、自分というものがわかっていると、意外に変なことはしない気がします。インスピレーションというと、急に来て急に従うといったイメージがあるけれど、何かの先にふと自然に置いてあることのような気がします。そんなに突拍子もないことではないんです。

平良　そう私も実感するようになりました。

みんな本来、赤ちゃんのころからブループリント（42ページ）を持っていて、「記憶の再生」により、その流れからはずれてしまう。それに気づくたび、クリーニングのチャンスが与えられている。

吉本　赤ちゃんのときから性格は変わらない。それはもう、残酷なくらい。それこそがブループリントだろうなと思います。

平良　そこにいろんな記憶が積み重なって、流れをせき止め、流れが見えなくなって、違うことや違う場所で頑張ろうとしてしまう。

吉本　力《りき》みが入ると、いろんなインスピレーションが入ってきにくくなりますし。自分が自分でいることは、じつはラクなことだと思います、きっと何よりも。誰かと比べさえしなければ。

第三章 ❀ 生きづらさの理由

この宇宙の法則

平良　「ほんとうの自分を生きることで、自分にとってのベストな人生が実現する」というのが、この本のテーマですが、そもそも「ほんとうの自分が嫌い」「ほんとうの自分を生きることへ不安を感じている」人へ、アドバイスをお願いします。

吉本　「ほんとうの自分」。でも、たいていの人はほんとうの自分に出会う気があまりないのかもしれないです（笑）。

平良　ばななさんから先日いただいたメールの中で、「心の目で見るということは厳しいことなんです」というメッセージがあったのですが、ほんとうの自分と出会う気があまりないということはつまり、自分自身を心の目で見ることをしていないということだとも言えませんか？

もし、そうであれば、ほんとうの自分を生きるって厳しいことですよね。

吉本　とても厳しいことですね。

平良　ホ・オポノポノでは、ほとんどの場合、自分が「ほんとうの自分」だと強く信じているものこそ、じつは「記憶から見せられている」と言われています。

しかし、ホ・オポノポノの「ほんとうの自分」とは、“クリーニングして記憶から解放された状態で現れる、丸裸なありのままの自分で、意識もしないうちに表現される部分”だと。だから前者のほんとうの自分は「理想の自分」。ただ「記憶」から見せられている、真実から離れたところにいる自分。

吉本 自分から切り離された存在として思いこんでいる、「空想の中のほんとうの自分」ということですよね。

平良 そうですね。それらが意識に上ってきた段階で、全部クリーニングして手放していくことで本来の自分にどんどん戻る、または戻らざるを得ないことがまわりで起きてくるということを実感しています。

吉本 厳しい道ですよね。ヒューレン博士もおっしゃっていました。「厳しい道だから。でも、やらないよりやったほうがいいんだ。簡単な道ではないし、困難だけれども、やり続けるんです」って。

結局、人間は何のために生まれてきたかというと、ほんとうの自分を見つけるために生まれてきたわけですよね。その厳しい道を歩みたい人だけが、この本を手に取っているという前提なので（笑）。厳しくても向き合っていくしかないことでもあるし。

平良　そうですね。

吉本　私、このあいだ……霊感刑事《デカ》＊45の本を読んで。

平良　霊感刑事？

吉本　そう、刑事さんなんですが、聞こえるはずのない声がいろいろ聞こえてしまう方で。

平良　実在の方ですか？

吉本　そう。ふつうの刑事さんだから、自分は頭がおかしくなっちゃったと思って、自殺しようとしたり仕事を辞めようとしたり苦しんでいたら、自分の死んだ両親の声が聞こえて、「おまえの親でいたときは人間だったけど、今は神様になっている。おまえのその能力は仕事に役立つから、これからは世のために尽くしなさい」と。他にもいろいろ聞こえて放火や殺人といった厳しい現場に行くと、亡くなった人が「こうやって死んだんですよ」「じつは私がやって、夫はやってません」などと、教えてくれたんですって。

＊45　『霊感刑事の告白 すべてあの世が教えてくれた』（阿部一男著／幻冬舎）。著者は元宮城県警警視正。霊界と人間界のつながりで捜査を解決へと導いた、衝撃の4年間を綴った苦悩と告白。

とてもつらい仕事だけど、自分のこの能力はすごく役に立ったからよかったと書いてあって。

平良　それは尊いお仕事ですね。

吉本　その方がおっしゃっていることを中心に考えていいのかどうかは、また別のことですけれども。

この世の法則というか宇宙のような〝目に見えない世界〟というのは、私たちが作っている目に見えない気のようなよいエネルギーを栄養源としているから、そのよいエネルギーを宇宙になるべくたくさん出すというのが人間のいる意味で、この世の生き物すべてがそうだと書いてあったんです。

よい気は宇宙を活かすことができるそうです。それだとある意味道具みたいなものだけれども、そのために人間はいるんだということに気づいたんですって。

平良　ヒューレン博士やKRさんも、いつも最終的には、「私たちはディヴィニティ[*46]の道具です」とおっしゃっています。

「神聖なる意志が『わたし』を通して働くことがベストな状態である。そうであれる自分であるとき、ベストな状態で物事が運び、自分を含め、あらゆる存在が自由になれる」

＊46　神聖なる存在。すべての存在の源。大いなる自然、神、宇宙など考え方は自由。インスピレーションを流している部分。

と。これこそ私たちが「ほんとうの自分を生きる」意味なのですね。

ところで、その本によると具体的によいエネルギーを出すにはどういう行いをしたらよいのでしょう?

吉本　元刑事さんだから、殺人や放火をしないとか、そういうことだと言っているんだけれど(笑)。

地球全体はエネルギーの製造工場であって、人間というのは宇宙を支える良質なエネルギーをできるだけたくさん作るための道具の一つであると。そうかもしれないなって思うんです。

私、ずっと長いあいだ、カルロス・カスタネダのドン・ファン・シリーズ*47を勉強しているんですけれど、じつはドン・ファンがまったく同じことを言っていて。この世界を作っているのは大きなイーグル(鷲)で、そのイーグルは私たちがすごく頑張って、死んだときにいい魂になっていると、それを食べにくるということが古代アステカ*48の言い伝えでもあるのです。

平良　よいエネルギーの製造工場と言われると、ぴんときます。

元刑事さんのおっしゃることと、まったく同じですよね。

よい気が流れるところや、ものや人に対して、本来はみんなとても敏感ですよ

*47　ペルー生まれのアメリカの作家・人類学者による、一連の著作。ヤキ・インディアンの呪術師ドン・ファン・マトゥスの下で修行した体験を記述。社会学や人類学のフィールドワークを下敷きにしたルポルタージュ。

*48　アステカ人がメキシコ中央高原の湖の小島に都を築き、周辺の部族を征服し支配領域を広げ、15世紀にメキシコ高原一帯を支配。巨大都市帝国をつくりあげた。16世紀初頭、スペイン人によって征服され滅亡。

ね。だから、心の中で何かに不満を持ち続けていたり、何かよくない思いを持ち続けていると、具合も悪くなってくる。

そのことに気づいたら、またクリーニングする、その繰り返し。

吉本 もっと極端に言うと、ほんとうに殺人や人を騙すといった悪いエネルギーが大量に発生すると宇宙全体が汚染されてしまうから、神仏のようなものというか「宇宙」は困ってしまう。

人間はなんで苦しいのに成長しなければいけないのかといったら、いいエネルギーを作ることが生まれてきた目的だからだと。

平良 ほんとうにその方のおっしゃる通りだと思うんですよ。理にかなっている。

人の悪意に関わるお仕事をされ続けてきたからこそ、わかってしまったのですね。

吉本 その方ご自身のほんとうに見えていること、聞こえていることしか言ってないから、逆に説得力があるというか。

その本の中で、彼が自宅を新築して芝生を植えたら、蟻が巣を作りはじめたと。巣を作っている蟻の群れを見ていたら、すごく頑張っていて、かわいくて、励ましたくなったけれど、だんだん蟻が増えて、巣が広がってきて、芝生を破壊したり、家に入ってきたりして、殺虫剤を撒かざるを得なくなったと。

でも、もし蟻が人間で、庭が地球で、自分が霊界の神様だとしたら、同じことが起きちゃうんじゃないですか？　と彼は言っていて。地球を人間の気持ちだけでどんどん汚染したりすると、同じことが起きるんじゃないかと思ったそうなんです。

当たり前のことですけれど、心が低いところにあると、悪いものとコンタクトして、どんどんどんどん悪循環になって、魂が汚染されていくけれど、よい状態であろうとしていたら、いいエネルギーがどんどん生まれて、上のほうからも助けてくれるようになる。

ホ・オポノポノの考えと、そんなに遠くないと思うんですよね。

この本を例に出して言ったのは、私も同じように思っていて。

なんで人間は、ほんとうの自分につらくても出会わないといけないのか。なんでよくならないといけないのかというと、宇宙の法則だからとしか言いようがないと思うんです。

だから、きつくても、ほんとうの自分に向き合って、その人が持っている特有のノイズを少なくして、なるべく自分の素の姿で成長していくということ。

それがなぜ必要かというと、我欲のためじゃなくて、地球をよくしていく本能の働きで。

地球や宇宙、環境、世界、そういったもののために、たとえば一人の人がほんとうの自分に戻ったら、まわりに対してもいい影響がある。そういうすべてのことを責任を持っておこなうというのが、「ほんとうの自分に出会う」ということだと思うんです。

平良　まさに「平和は私からはじまる」[*49]ということですね。

吉本　だから、自分を嫌ったってしょうがない、逃げられないんだからと思いますし、自分で自分を極めていくよりほか、人間の人生はできることがないように作られている。

それが宇宙の法則なんだなと思うと、一番わかりやすいと思うんです。

ほんとうの自分を生きることに不安があると言っている人は、結果的には、いつまで経っても同じところを繰り返すだけで、それこそ記憶の再生ですよね。

ただ、いつまでも不安でいる自由も私たち人間には許されているんですよ。

＊49　ホ・オポノポノで繰り返し伝えられているメッセージ。本来全てのものは完璧で、そのように体験できない自分の記憶を消去することで、あらゆる存在からも、その記憶は消去される。

ノイズを減らす

平良　記憶が再生されているとき、ぐるぐるとそういう映像をずっと見続ける。そして、先ほどの元刑事さんがおっしゃるような悪いエネルギーを発生させ続けてしまい、何をやってもうまくいかない。

　そんなとき私は、自分自身にヒューレン博士のシンプルな問いかけをします。

「〝愛〟か〝記憶〟か」

　そのどちらかを選ぶとして、自分の人生がどういう状態であれ、「愛」を選択した瞬間から、それがたとえ口先だけでも、なぜか不思議と流れが変わるのです。突然ハッピーになるということではないけれど、問題が形を変えて現れはじめる。まるで詳細がわかるように。

　そしてその瞬間、クリーニングのチャンスが訪れる。そうやって自分と向き合うと、サインがやってくる。

吉本　そうですね。向き合うと決めているから、しっかりサインが来るんだと思います。逃げよう逃げようとしていたら、耳をふさいでしまってサインに気がつかないから、また同じループに入っちゃう。

それがクセやノイズといったものなんじゃないでしょうか？

平良 そう、クセですね。記憶のループの中にいるクセが、これでもかというほど深く自分に根付いている。もううんざりするほどです。

でも、そのクセの中に居続けると、そこから抜け出したい、気持ちのいい空気を吸いたいと自然に思う。そのとき、またクリーニングに戻ることもできます。

吉本 自分と向き合いつつ繰り返していくうちにノイズが減っていく。そして、減らしていくのが人生の目的の一つだと思います。

ほんとうに簡単に言うと、「どんな天気でも雲の上は晴れている」みたいなことで、それがわかっていれば、雲や雨のことは気にならないというか。

限られた人生しかない人間には、ノイズをかなりの割合で減らしていくことまでしかできないと思いますが、それでもやったほうがいいんですよね。

でも、「なぜそうしなきゃいけないんだ」って言われたら、「いつまでもその繰り返しをやっていたいならいいけど、もういい加減飽きてないですか？」って多分神様は言いたい。宇宙、神様、ウニヒピリ、とにかく自分のほんとうの姿は、そう言い続けてくれると思います。

平良 とても勉強になります。

スムーズにいかないとき

平良　ばななさんは大いなる自然や神様、目に見えない人智を超えた存在を、どのように日々感じて生きていらっしゃるんでしょうか。

吉本　「これはほんとうだな」っていうことは、接すると体でわかるような気がするんです。でも、そのためには、ほんとうにそうだなというもの以外のものを、いっぱい見なくてはいけない。

だからこそ、そのいっぱい見ていることのほうに気を取られてはいけないないなと思います。自然の中にはいろんなものが存在するから。

ただ、「本物」に似たクリーンな空間にいると、それはそれで効率がよくて、ある種の合理性というところには、宇宙の法則がしっかり宿っているなと思います。

平良　「効率のよさ」でぴんと来ます。大いなる流れの中にいるストレスフリーの状態。ホ・オポノポノで表現していることと同じだと思います。

ヒューレン博士が、〝disease〟（病）というのは、〝dis-ease〟と書いて、つまり、〝ease〟＝「心地よさや和らぎ」がない状態だとよくおっしゃいます。

「記憶」でせき止められて流れが悪いから病になる。
病とは、体だけではなく、心、人間関係、金銭問題、仕事、すべてに当てはまります。だからクリーニングで流れをとりもどす。

吉本 効率がよくなるんですよね。スムーズになるというか。それはもう体感としか言いようがなくて。スムーズじゃないのが悪いわけではなく、スムーズじゃないときには、その人はそういう段階というか、ノイズを学んでいるんだなと思うんです。

たとえば、私が知ってる人の中に、タイミングがとんでもなくうまくいかない人たちがいるんです。

わかりやすい例として、たとえば寒いといけないからスカーフを持って、これも着てって用意しているのに、いちばん寒いときにタクシーに忘れてきちゃったり、行ってみたらお店が閉まっていたり。

いろいろな予定を立てるときも、とてもタイトに立てて。遡《さかのぼ》って計算して、何時に起きなきゃと思うとうまく眠れなかったりとか。見ていると決して心地よさそうじゃないんです。「私はタイトにやるのが好きだから」っていうのではなくて、「いやでいやでしょうがないけど、こうしなくちゃ」みたいな感じの人がけっこうたくさんいるんです。

すべてをふんわり考えないで、キュッと考えるからズレていっちゃう。

そして、必ずそういう人には、よくこんなことが起きるねっていう、タイミングの悪いことが起きるんです。

ほんとうによくできているなって私は思うのですが、命にかかわらないから、遊びの一つと捉えていいと思うけれど、宇宙というか神との遊びというか、とにかく、よくぞこんなふうになるなっていう。

だけどもし「何もしなくてもなんとかなっちゃう」といった状況がほんとうに信頼できれば、意外にスムーズに流れるんじゃないでしょうか。

だから、なるべくその感じを体感していくことによって、ほんとうの自分や人生ってラクになるんじゃないかなと思います。

日本は生きづらい？

吉本　女の子同士で飲んで楽しかったりしたら、「じゃあ、これ、また開催しよう」「三ヵ月後の今日」みたいに次につなげようとなっちゃって、だんだん息苦しくなることがあります。

ひとことでいうと、しがらみっていうんでしょうか。

私はそういうとき実際に仕事が入っていることが九十八パーセントなんですが、たとえ空いていても「いや、仕事が入っているんで」と言って断っちゃうことがあります。

マスターヒーラーでニューヨーク在住の小林健《こばやしけん》先生[*50]がこんなことをおっしゃっていたのですが、「そういうとき『仕事だから』って日本人はすぐ言うけれど、それはよくないですね。『ほんとうに自分がその日どうしたいか、まだ決まってないから』って言えばいいじゃないですか」って。

それは、とても大事なことだとハッとしました。彼の住んでいるニューヨークという「外側」から日本人をいっぱい見て、思われたことだと思うのですが。

それからは「いや、そのときの予定がまだ読めないから」と、正直に言うようにしていて、それだけで心のすっきりさが違うんです。

平良 その瞬間は勇気がいるけれど、その誠実さが自然に自分自身や他人に持てるようになれば、関係も未来も、とても自由に膨らんでいきそうですね。

吉本 私はイタリアによく行くのですが、「絶対この人の家、もう一生来ないん

*50 NY在住、マスターヒーリングミニスター、自然療法医師。体の症状とその原因を同時に治療。

だろうなあ」っていうおうちによく行くんですよ。

レストランでご飯食べたあと、おうちにちょっと寄っていく。文化の違いで必ずそういうひと時があって。それは全然嫌いじゃないし。ああ、ヨーロッパでは私、二度と会わない人の家にいっぱい行ってるなと思って。でも、相手も「また来てね」ともちろん言うし、こっちも「また来ます」って言う。

そのことがどんなに豊かなことだろうかって思ったんです。「いつかまた行かなきゃ」じゃない。

日本人は、しがらみが生まれやすい民族なんだなって実感しました。すごく固定したがるというか。島国だからか、どこか風が通りにくい感じがすごくあります。

平良　「今度いつ会おうか。今度はあれやろうか、こうしようか」と具体的になってくると、すでに疲れてしまうことがあります。

吉本　台湾も、比較的しがらみが薄い気がします。やっぱり南国だからでしょうか。

平良　そう言われてみると薄いかもしれません。「また会おうね」ってみんなすぐに陽気に言うけれど、平気で忘れちゃうし、次に動くまでがのんびりしていて。
　きっとまた会えると本気で、そして無邪気に信じているから、きっちり次を決めなくても不安にもならないし、緊張感が少ないです。

吉本　お互いに直感を信じているというか。そんな感じがあって、私も台湾はラクですね。

平良　絶対この日、この時間に、こういうことをしないともう次はないというせっぱつまったものはないですね。

吉本「あっ、来ないんだ」で終わっちゃうというか。べつにそれはそれでいいやって。だから、日本のそうでないところが私にとってとても苦痛です。
　でも、たぶんそのよさっていうのも、私にはよくわからないけれど、いろいろな形であるんでしょうね。日本はやっぱり細かくなりやすいですよね。

平良　ホ・オポノポノでクリーニングしていても思います。いつの間にか、クリーニングすること自体に小さく細かく、厳しくなっているかもしれません。

吉本　そう。クリーニングも小さくなりやすいです。

平良　KRさんもおっしゃっています。
「今、あなたが自然に気づく体験をクリーニングすることが、あなたのウニヒピりにとって一番大切で安心を感じられることです」と。

あれもこれもクリーニングしなくちゃ、としているときこそ、何か大きな流れから外れてしまっているような。[*51]

シンプルであるはずのクリーニングの方法にさえルールを作ってしまうことが私を含め、意外と多いかもしれません。

吉本 たとえばヨーロッパでは、夕方から出かけるとき一度着替える。もうそれは決まり以上に当たり前のこと。

「あっ、夕方だ、着替えよう」っていう楽しい気持ちに、自然になるんですよね。しかも、大雑把でいいんですよ。外から見てちょっと礼儀正しい服に見える、適当なニュアンスでいいんです。Tシャツは失礼かな、くらいで。自分の中で細々《こまごま》と合わせない。

でも、日本でもしそのルールがあったらみんな楽しくなくて、大変なことになっちゃうと思うんです。変な細かさが芽生えるというか。ただきれいな服を着て出かけようではすまない感じがあるんです。

平良 そうですね。

吉本 あと、とても似た話だと思うんですが。日本のベジタリアンにしか感じな

＊51 KRさんは「ホ・オポノポノを実践しはじめると、『あらゆる記憶を消去しない限り、幸せにはなれない！』と焦ったり、神経質になっていると感じたら、それもクリーニングのチャンス！」ともおっしゃっています（平良）。

いことなのですが、はじめから、「これとこれとこれ、食べられません」って宣言してテーブルにつく人が多いんです。

でも海外だと、もう食事が終わらんとするようなときに「あなた、ベジタリアンだったよね、そういえば。だからサラダしか食べてなかったんだ」といった感じが多いですよね。「これはノー」といちいち言わない。「私、お魚はいいです、サラダだけで」みたいなふつうの感じで、まったく引っかからずに時が自然に流れていく。

平良 日本では緊迫したやりとりをお店などで見かけることがあります。

吉本 そんな怖い顔でノーって言いながら何か伝えなきゃいけないの？ って思うような感じの人が結構多いと思います。

そういうコミュニケーションだと、結局時間や気持ちがタイトになりますよね。

それぞれがもっと自分なりに自然でいられたらいいと思うんですけど。

平良 いいことがあれば、マイナスの要素も同時に起きていると、ホ・オポノポノでは言います。だとしたら、何かを細かく狭くすればするほど、反対の要素も狭くなる。

吉本　そうだと思います。細かく決めてしまうと、全体が流れに乗らず、小さくなりますよね。大きな流れの中で起きていることに対処していくほうが人として成長すると思います。

みんなもっと自分らしく、それぞれその人らしくしてほしいなって。見た目も生活の在り方も。

海外に行き、それぞれがあまりに幸せそうに自分の髪の毛や目の色、体つきに合った服を楽しんでいるところを見ると、ますますそう思います。

今は、せっかくそういうことができる時代になってきたのに。

たとえば、女の子は何歳になったらお見合いをして嫁に行け、といった時代ではなくなりましたし。あと、職業も自由に選べます。

平良　ほんとうにそうですね。その点はほんとうに恵まれています。

吉本　やっと、女性だから、男性だからって関係なく、いろいろできるようになってきたのに、人間だけが遅れてしまっているような。

犬は、ずっとケージに入れておくと、扉を開けてもオドオドしてケージから出なくなることがあるんですって。日本の若い人が今、それと同じ感じがします。

それがクリーニングするべき「私の記憶」ということなのかもしれないです

が。

平良　「私たちはあらゆる歴史で起きた体験を、記憶の再生を通して再度体験している」と、ホ・オポノポノでは言うように、今の生活で不自由であること、不自然であることは、たくさんクリーニングできますよね。

見えない縛り

吉本　あと、もっと「ただ楽しい」っていう気持ちを持ってほしい。「苦労して、やがて楽しい」といったことではなくて。

平良　純粋で、感覚的な楽しさですよね。前にお話しされた「楽しさへの執着」と何か関係がありますか？

吉本　日本は戦争に負けた国で、それも大きな要素だと思います。

人々が個人的に努力していないから、こうなったのではない。戦争に負けて勝ったほうの国の言うことを聞くということを前提に育ってきた世代なんです。そうしたら命令の発信源が遠くにあって、なおかつその人たちのためにも「いっぱい働いてお金を稼がなきゃ」という価値観と、勝ったほうの国の人たちもそういう成功を求める価値観の中で生きているから、二重の縛りがあるんですよね。

だから、「もっと働いて、もっと稼いで、もっと管理しやすくなってください」っていう向こう側の命令を伝達する人々と、向こうの国の人たちも自分たちに関してそう思っているところの、「働いてお金持ちになって、こんな生活がしたい」という基本的な姿を両方縛りとして、無言の押しつけとして伝えられた世代だから、そうなるのはもう当然なんですよ。

平良　考えたこともなかったです。

吉本　みんなが堅苦しいからとか、みんなが細かいからというだけで、こんな国になったわけではない。

それは、べつに反米的な感情ではなくて、ふつうで当然のこと。戦争に負けたということだけです。

平良　まさか、私が時として感じる社会の気風が、敗戦という歴史につながっているとは思ってもみませんでした。

吉本　また、「そういうことを深く考えないでください」という教育も、じわっと受けてきているから。

平良　何かを感じるとき、

「その体験のほんとうの原因は私たちにはわからない。でもそこでクリーニングすることは、歴史をクリーニングすることでもあるんだよ」

とヒューレン博士やKRさんが口を酸っぱくしておっしゃるのですが、学校で歴史を勉強したり、テレビでたまに敗戦から何年という特番を見たり、祖母からちらっと当時の話を聞くことはあっても、戦争の影響についてはまったく意識しない人生を送ってきました。

でも、あらゆる歴史の末に今自分がいて、それがつながっている[*52]のですよね。

吉本　だってよくよく考えてしまったら、みんな反抗してしまうじゃないですか。「負けたんだから基本は反抗なしですよ、ある程度は自由ですし、話も聞いてあげますよ」という前提のもとで育ってきているわけだから、それはやっぱり私たちが受け入れなくてはいけない。

ただ素直に受け入れるのか、受け入れたうえでどう行動するか、別の国に移るのか、いろんな考え方があるけれど、戦争に負けました、いろいろ条件が出されました、その条件の中で育んできた高度成長期でしたっていう事実は、もう誰にも変えられないことですから。

その中でどう生きていくかは、やっぱり個々が考えないといけないんです。そ

*52　〝I know nothing.〟「私は何も知らない」という状態は、クリーニングをする上でとても大切だとヒューレン博士はおっしゃっています。「わからない」という知恵を持つことで、クリーニングした時に、その物事が起きる真の原因に直接働きかけることができるから。「これはこういう原因で起きたのだ」と私たちは問題が起きたときにすぐさま判断しがちですが、そんなとき、問題のほんとうの原因、歴史を知っているウニヒピリは、まるで無視された状態。そうする前に、一旦「私は何も知らない」というところからクリーニングをおこなってみます（平良）。

ういう状況の中で育ち、価値観も植えつけられているというのは、やむないことです。

削がれた本能

平良 私たちはウニヒピリのケアを忘れて、華やかさや金銭的な豊かさを優先してしまいがちです。それも植えつけられた価値観が影響しているのですね。

吉本 ただ華やかな、富裕層への憧れというのは、やっぱり戦争に負けた私たちが一番じわっと受けているものだと思います。

平良 そのことを知っているだけでも、自分を見失いにくくなると思います。

吉本 家では洗えない素材のきれいな服を着て、お金持ちっぽい暮らしをするような、アメリカンドリーム[*53]っていうのでしょうか。

平良 かつて私が見てきた豊かな生活への憧れや、ちょっとした出来事で感じた痛みと惨めな気持ち……それは多くの方も感じていることなのですね。

吉本 疎外感だったり。

平良 そう。敗戦国の中で生きてきたあらゆる人々の記憶や体験を、いろいろな

*53 アメリカ合衆国という自由と平等の国のもとで、民族や出自に関係なく、勤勉と努力によって勝ち取る成功や、大きな夢をかなえること。

*54 お騒がせセレブとして一世を風靡した姉妹。ヒルトン・ホテル創業者の曾

ところで拾って感じているのかもしれません。

吉本 ほんとうに深いところを考えるとそうですね。アメリカ人の見ているアメリカンドリームを、戦争に負けた私たちは自然に引き継いでしまった、そういうことだと思います。

でも、だからどうするっていう問題はまた個々に戻っていく。個人がそれをどう受け止めるか。

ただ、私たちが「これはすてきなことだよ」って思っているのは、アメリカのセレブみたいなもの。たとえばヒルトン姉妹[*54]のようなもの。決してグウィネス・パルトロウ[*55]のようではない。

またはアンジェリーナ・ジョリー[*56]的なものだったり、ホイットニー・ヒューストン的[*57]な、痛くて苦しいけれど、すごくいい暮らしといった感じへの憧れも、私たちは教育の過程でもらってしまったのかもしれないですね。

お金さえ入ってきたらもっとよくなるというのと、見た目がきれいでイケていればいい暮らしができるという、その二大洗脳は本気で意識すればわりと早く外せるような気がします。

平良 そのことについて、もう少し、詳しくお話を聞かせていただけますか？

孫として裕福な家庭で育つ。

＊55 父はプロデューサー、母は女優という芸能一家に生まれ、敬虔なユダヤ家系を誇りとしながら育ち、女優の道へ。

＊56 生後間もなく両親が別居、思春期は自殺傾向のあるうつ病に悩みながらもモデル業を経て女優になり、大役を勝ち取る。

＊57 シンガーの母親とナイトクラブで歌っているところをスカウトされデビュー。デビューアルバムは世界的大ヒット。やがて大麻やコカインを常用するようになり48歳でこの世を去る。

吉本　たとえば二つの会社が合併したら、基本大きい会社のほうのルールになりますよね。

大きい会社が小さい会社を買収したら、その小さい会社には小さい会社のいろんなやり方があったはずなんですが、大きい会社のやり方に合わせるようになる。

今までの論理や美徳などが全部通じなくなり、「こっちに合わせてください、そういう契約だから」ということが起こることと同じです。

要するに、負けたっていうことは、ある程度合わせることに合意するということです。それが民主主義の国だったから、そんなに露骨にはならなかったけれども、「勝ったほうの国に役立つことをしてください、そういう約束です」という時代を私たちは生きているわけです。

もちろん、アメリカも広いし日本も広いから、その枠に入らないで生きている人もいるけれど、大枠の中では多かれ少なかれ影響を受けているわけです。だから、母国のために忠実に働いて経済を発展させて――要するに日本というのはハワイ州みたいなもので。ハワイはハワイの独自の文化があるけれども、アメリカですよね。

基地もあるし、アメリカの法律だし。日本は露骨にはそうなっていないけれど、それと同じようなことだと思うんです。結果的に「言うことを聞いてくださいね」「はい」という契約書を交わしたのと同じなので。

私たちはその世代の次の世代ぐらいですよね。一見「いや、戦争に負けたって言っても、もういろいろ終わったことだよ」と言いたいけれど、そうではなくて。

法律も影響を受けざるを得ないし、先方の役に立つような働きを見せなくてはいけないという、目に見えない契約の中で生きているから。

親の世代は、一見「焼け野原からの復興」という感じでわかりにくかったけれど、じつは戦争に負けた国だということが、私たちの世代にボディブローで効いてきた。さらに今、アメリカが世界の一番強い国から失脚しかけているから、その影響も受けざるを得ない。

みんなが、「もっとこう生きたいのに、何でこうなんだろう?」と言っていることのほとんどの答えは、そこで出てしまうんですよね。結局は「個人にはできることはないのか?」といった話になります。

疑問を持つ人たちは、自分なりに解決しようと思い日々生きていると思うけれども、その解決法さえも、小さいときから見てきたテレビやいろんなものの影響を受けているから、どうしても「お金が入ったら、もうちょっと立派なところに住む」「広々したところに住んで、お手伝いさんを雇う」といった、アメリカ寄りの夢に寄って行かざるを得ないんです。ひな形がそれだから。

平良　日本人が「ノー」と言えなくなったり、自分が好きなものさえわからない人が多くいることも、その影響でしょうか？

吉本　やはり戦争に負けたというのは、少しありますよね。結構この問題は大きいんですよ。

たとえばハワイのネイティブ[*58]の人たちは、昔は多分あんなには太っていなかったと思うんです。アメリカの食べ物が入って来る前は。もちろん、タロイモ[*59]などでも自然に大きくなったとは思うけれど。

平良　大きくなり方が違ったのでしょうね。ちょっとゾッとする話です。

吉本　きっと何かを奪われたから。やっぱり、野性や本能、自立などという心があったり、文化文明を大切にする心がありすぎると、結果的に反米になってしまうから。教育で削《そ》がなければいけなかったんだと思います。

私たちも、そうやって削がれてきているから、日本人の持っているほんとうの

＊58　もともとハワイは太平洋の島々のポリネシア人が海を渡り移住。彼らが持ち込んだ伝統を守りながら生活していたが、1778年のジェームズ・クック上陸以降、近代化の波へ。1900年アメリカ合衆国の領土になる。

＊59　ハワイの伝統的植栽。ポリネシアから持ち込まれた主食。

本能や感覚といったものを発揮されてしまうと困る局面があったのかもしれないな、って思うんです。

平良 それが今の日本の社会なのですね。

吉本 だから、たぶんそれを削ぐために「こうであってください」っていう教育を長年かけて施された結果が私たちなんです。

とても反米的に聞こえてしまうけれど、決してそういうことではなく、私たちにはそういう傾向があると思うというだけのことです。野性を失わされ、牙を抜かれているみたいに。

でも、〝個々が個々の人生の中で小さく取り戻していく〟ことは、ほんとうに不可能ではないのです。そして、これからの子どもたちが国境のない新しい時代を創っていくんだと思います。

ウニヒピリをケアし愛する

平良 そんなあらかじめルールが決められている日本の中で、または会社や学校などの組織の中でも、「自分を生きる」ことは可能なのでしょうか。

吉本　その人がその人に戻って、その人にとっての「私の平和」があれば、いつしか世の中が変わっていく。落ち着くべきところに落ち着いていく。これは、ホ・オポノポノの教えの根幹ではないでしょうか。

平良　ホ・オポノポノでは「平和は私からはじまる」ということを繰り返し学びます。

そして、その「平和」は記憶を基盤にしたものではなく、私たちの理解を越えた「平和」だと。

今回の対談をはじめるにあたり、過去のメールをなんとなく読み返していたんです。すると、ヒューレン博士がばななさんと私に送ってくれたメールが過去の受信ボックスの中からポンって出てきて。

それが、今ばななさんがまさしくおっしゃったことと呼応している内容でした。

〝Love and care of the Unihipili makes freedom of the self and the cosmos possible.〟

つまり、

「内なる子ども、ウニヒピリをケアし愛することは、自分自身を、そして宇宙をも自由へと解放することを可能にする」

という意味です。

吉本　ほんとうにそうですよね。それは根幹だと思います。

私も昔、頭でっかちに考えて行動しようとしたことがあります。

アメリカにとある霊能力者の母子がいて。その霊能力者の息子さんとたまたま知り合いのパーティで一緒になって。そのときのことを、時々すごくリアルに思い出すんです。

「僕のお母さんがあんたと話したいって言っている」

と、その方がおっしゃって、電話に出たんです。そのお母様はそのときすでにご高齢だったので、もうお亡くなりになったかもしれないですが。

当時私はすごく仕事が忙しくて、

「少し仕事を休みたいから子どもが欲しい」

と彼女に言ったんです。そうしたら、

「あなたはね、いま子どもがどうとかいう状態じゃない。まずリラックスしてください。あなたには必ず子どもがやってくるけれども、あなたが人生に対してリラックスしなきゃいけないし、それは今ではない」

と言われて。子どもを手段にしちゃいけないっていうこと。

はじめて電話で「もしもし」と言っただけで、しかも日本語で、どうしてそこまでわかるのかなって。もちろんそれは、そういう力のある方だからだと思うけれど、あのとき頑張ってムリをして子どもをもうけていたら、今の私の夫や子どもには会えなかったから。

そのあと、象徴的なんですけれど、倒れて二回入院して。

このままだと三回四回五回と入院すると思って、とりあえず健康を取り戻そうと、いろいろやっていた中の一つとして出会ったのが、ロルフィング[*60]をしている夫だったんです。

だから私が自分をケアしようって思わなければ、決して出会うことがなかった。

あのときは一年間ぐらい毎日自分をケアしていました。

エステにも行ったし、マッサージにも行ったし。とにかくいろいろな治療法を試してみたんです。

そのとき夫に出会ったから、ほんとうに自分の変化からしか、ものごとははじまらないんだなと、すごく思います。

平良　そして、自分が自分自身に愛されている、つまりウニヒピリをケアしてい

＊60　生化学のアイダ・ロルフ博士によって創始されたボディワーク。全身の筋肉を包む「筋膜」を整え、重力と調和のとれた体を目指し、さらに「感覚」と「動作」に働きかけることで体本来の力を呼び起こす。痛みや不調の原因である習慣やクセを見直し、快適でラクな姿勢、動き方を目指すもの。

ると、ベストな形とタイミングでものごとが起きる！　まさにその通りですね。

吉本　私みたいにそうやって、「あっ、子どもができたら休めるし、もっと子どもに愛情を注ぐために、自分の時間ができる、それしかない！」みたいな頭でっかちの発想だったら、それは子どももやって来るはずがないよねって。

あのときの自分は自分をケアしていなかったし、愛してもいなかったから。まずそんな忙しい状況に自分を持っていっちゃうこと自体が、もう愛情不足で。

そのときは、早く死んでもいいとさえ思っていたから。そう長く生きないと思っていたのです。

それって子どもが欲しいっていう願いとまったく矛盾していて。でも、頭で考えて二十代で産んでおいたほうがラクだからとか、体力的にどうとか、そういう考えだったと思います。

だから大きく間違っていたんだなと今ならわかります。

そのときの私のように、頭で考える人生のあり方ではなく、自分を自由にしてあげることだけが、やっぱり大切だと思います。

そして、それは決してその人の「憧れ」と百パーセント一致していなくても、「ほんとうに憧れだったのか？」ということも含めて、見直すところなのかなと思います。

本能を忘れない

平良　ばななさんはこれまで、意に沿わないお仕事や、つらいお仕事も、もちろんたくさんあったと思います。

吉本　私、二十年も三十年も、行きたくない場所に行きたくない時間に行かなくてはいけないという仕事が多すぎたから、本心とは少しズレがありましたね。

今でも意に沿わない仕事の日だったりすると、犬がジャーと私の服におしっこをかけたり、ガラスのコップを落として割ったり、わざと代わりにやってくれているんじゃないの？　って思うぐらいです。

現実的には私がもっと大変になるからやってくれなくていいんだけれど、ああ、おかしな仕事はやってはいけなかったんだと気づかせてくれた。

だからいつでも、違っていることはやってはいけなかったんだなと思います。

まったく会いたくない人に会いに行かなくてはいけない仕事もいっぱいあったんですよ。

平良 ばななさんはエッセイの中でも、仕事関係者の男性から受けたつらい体験をたまに書かれています。ばななさんのような方でも、まさかそんな目に遭っているなんてショックでした……。

吉本 出版界も男社会の縦社会ですからね。たとえば、九州出身の男の人とお店に入ったら、絶対に自分が先に注文しちゃいけないっていうことはよくあります。女性で年下の立場で参加するって、そういうことです。

平良 でも、ばななさんは、小説家として招待されているのですよね。

吉本 それは関係ない世界だと思います。昔も今も。タクシーで同乗した男の人におそわれるとか、セクハラもありました。

平良 えっ？

吉本 もちろん逃げましたけど。

平良 ひどい！

吉本 常識のようにありました。「やめてくださいっ！」って荷物を間に立てて。「運転手さん、停めてください」と言って降りるんです。もうその人とのお仕事の話はもちろん来なくなりますけど、別にいいですよね。

平良 ホラーですね。

吉本　いっぱいありすぎて嫌になっちゃうぐらい。ケガさせられたりといったこともありました。

平良　そこまで酷い目に遭うと、人格の一部をむりやり曲げざるを得なかったり、別の形でそれを他人にしたり、いろいろ副作用が起きると思うのですが、ばななさんはばななさんの世界を守り、まわりの方々や後輩にとても真摯に厳しくもフェアであられるのは、なぜでしょうか。

吉本　私があまりにもいろんな人に会っていることと、人にいやな「気」をあげたくないからだと思います。世界中の個々のコミュニティのルールもよく見ているから、「ところ変わればルールも変わるね」みたいなことを百ぐらい見ていると、こだわりはどうでもいいって思ったんです。

それこそ、枠を超えるっていうことですね。

たとえば私のいた江戸っ子の世界では、おばあちゃんが寝たきりの部屋に他人がバッと入っていっても命には関わらないですけど、モスクで異教徒が入ってはいけない場所に入っちゃうと大変なことになりますからね。

そういうことにはより気をつけるようになるというか、そういうのはあるかもしれないですね。

平良　そのような感性を日常でも生かすことの大切さを、私はKRさんから学んでいます。

ＫＲさんは、世界中どこに行ってもありのままという感じの方なのに、行く先々の文化や歴史的背景を真摯に学びたいという姿勢から、意外と現地の方にお聞きになるんです。

趣味や好奇心のためにというよりも、この旅を安全に進めるためには当たり前の、なにかサバイバル精神からくるような。サファリへ行くには、最低限の知識が必要であるように、それを知っておくことは、自分のためという感じで。私からすると、あまりたいしたことじゃないかなと思うことでも、ＫＲさんはその「文化の違い」を、とても詳細に見極める姿勢を持っています。

吉本　私はぼんやりしがちだから、見極めたいです。

平良　それは、彼女が、「人によかれと思って」「良くありたいから」という他者への思いやりとはまったくかけ離れた部分で。生き物として、ここで危険を冒したくないという本能のようです。

吉本　そういうところ、とても野性的な方ですよね。素晴らしいことです。私はあんなにワイルドじゃない。でも、よくわかります。

うちの子どもは平和な時代に生まれているから、「友達が政治的なデモに行くから、一緒に行ってそのあとゴハン食べて帰ってくる」などと言うんですよ、気楽に。

だけど私はアルゼンチンに行ったときに、「木曜日の母のデモ」というのを見たんです。木曜日に、お母さんたちが、官邸の前の広場で黙って歩くデモをやっている。それは何かというと、大学生だった子どもが気楽に「デモに行ってくるね、じゃあね」と行って、そのまま全員殺された。七〇年代の「汚い戦争[*61]」と呼ばれているものです。

政権が代わった瞬間にデモに参加していた若者は全員殺害されて、森の中や海に捨てられたりしたんです。あれを見たということが、私の中で「デモは気楽に行っちゃいけないんだ」という形で残っています。だって七〇年代って、私の生きている、すぐ近くの過去なんですよ。

そういうことが歴史の中であって。私はその子どもを急に失ったお母さんをナマで見ているから、子どもがデモへ行くと言ったら「自分の命を賭けられると思っていないのに行くもんじゃない」って止めるんです。私、子どものすることは何でも止めないのですが、それはどうしても止めてしまう。「日本だから大丈夫

＊61　国家テロで起きた虐殺行為。1976〜1983年、アルゼンチンを統治した軍事政権によって行われた国家テロにより、労働組合員、政治活動家、学生、ジャーナリストなどが逮捕、監禁、拷問され3万人が死亡または行方不明となる。

だよ」って言われるけれど、いつ時代が変わるかわからないから。
平良 文化の違いを詳細に見極める姿勢や感性を持つことは、自分を救うことになる。真摯に受け止めます。

子どもを大切にしてほしい

平良 台湾で暮らしはじめたころ、文化の違いに日々緊張していましたが、ばななさんがお仕事で台湾にいらしたり、ご活躍されているのを拝見して[*62]、私もようやく台湾に心を開き、生活が楽しくなりました。
吉本 それはよかったです。アイリーンちゃんは、単身で台湾に渡って一人で暮らしはじめるなんて、とても勇気があると思います。
平良 ホ・オポノポノの書籍が台湾でも出版されたのをきっかけに、クラスや講演会が開催される機会が増えて、台湾に事務局を開くタイミングで移住しました。そのころ、出版の仕事をしていた今の夫と知り合ったんです。
その後、ものすごく早い流れで結婚することになりました。
ある時、古い町に行った後、すごい夢を立て続けに見たりすることがあり、生

＊62 書き下ろしエッセイ『切なくそして幸せな、タピオカの夢』が日本より先に台湾で出版されるなど（2018年1月刊行）、台湾への渡航の機会が増えている。この作品は日本でも2018年7月幻冬舎より発売。吉本ばなな本人の体験をもとに、豊かな人生を自分らしく生きるメッセージが描かれる。

活がゆったりしている割には、あまり安らげない日々が続いたので、ばななさんに会えることが、嬉しかったです。

吉本　台湾って、何もかもが濃厚ですよね。残っている歴史の重みも。とてもすてきなところは、台湾って子どもをとても大切にしてくれる。なぜなら「子どもは未来だから」って、みんな言うんですよ。私たちの将来だからって。そうだなと思うんです。

日本には今、それがすごく欠けていると思います。「保育園が隣にあったら嫌だ」といった気持ちが私にはわからないんです。アイリーンちゃんのおうちなんて、幼稚園の二階ですもんね。

平良　いま生活している台北は開発が続いていて、工事の音や原付バイクの騒音[*63]は気になりますが、不思議と私自身が出産前から、下にある幼稚園からの音が気にはならなかったですね。

吉本　私も気にならないタイプなんです。そんなにも気になるって、子どもたちに引っ越してどこかに行けとまで思うなんて、自分に子どもがいようがいまいが、変だなと思ってしまうんです。

何かはわからないけれど、何かのサインではあるなあとは思うんです。本能に

*63　自分が騒音だと感じることはクリーニングのサイン。台湾で暮らしはじめたころ、騒音が四六時中気になって、苛立つたびに「愛しています」と言ったり、ウニヒピリに「どこか遊びに行かない？」と問いかけるようにしてから、不思議と気になることが減り、同時に、台湾での生活がラクになっていきました（平良）。

関わる、生き物として危険な状態じゃないかなと思って。

昔から、子どもがワイワイ騒いでいて、お父さんが「うるさい！」って言うことはよくあるけれど、そういうのではなくて、はしゃがずに育つ子を期待するのは、どこか不自然な気がして不安になります。

平良 そして、何が原因なのかわからないけれど、台湾は圧倒的に日本よりも、子どもをつれている大人が自然体だと感じます。

それに、台湾も少子高齢社会だと言われていますが、日本に比べ、どこに行っても昼夜問わず、いつでも子どもが視界のどこかには入ってくる印象です。

吉本 わかる気がしますね。自然に見かけます。

平良 ヒューレン博士がおっしゃった言葉*64で、

「誰の子であれ、子どもを大切に扱わないことは、子どもが好きとか嫌いという以前に、まさに自分自身が自分の命をどう扱っているかが別の形で現れているだけだ。どんな子であれ神聖なる存在の子どもを大切に扱えないのは記憶があるからら」

と。子どもの扱いが自分の中で偏《かたよ》っているときは、死にたいといったような、もう死に向かっているような状態なんだと。

*64 さらにヒューレン博士はこのようにもおっしゃっています。「あなたは日々、人間を含むあらゆる生き物、土地、物を通して、神聖なる存在と対話している」と。私も疲れていると、家事や、ついお菓子を食べ過ぎて慌てて残りをしまうとき、パソコンの電源を切るときなど、つい物を雑に扱いがちなのですが、そんなとき「今、私は、この食器洗いを通して神聖なる存在に何を伝えているのだろう」と自身に問いかけ、この雑な扱いを私自身の人生でおこなっているのだなという気づきから、またクリーニングに戻るように心がけています（平良）。

吉本　私もそう思います。子どもは大切な未来だから、怒ってあげるのも含めて関わって、みんなで育てていくべきものであって、子どもが好きとか嫌いとか、子どもが声を出すからうるさいとか、そういう問題じゃないと思うんです。

平良　目の前の命をどう扱うかで、自分自身の心の状態がわかる気がします。

吉本　子どもをみんなが大切にしてほしい。

だって子どもは自分たちの未来なんです。私たちの老後に社会を作っている人たちになるんです。

平良　ほんとうに、そう思います。

第四章 ❀ 矛盾のない生き方

自分を定める

平良 日本では、何かに誘われたとき、「ノー」と言うのが苦しすぎて、もうはじめからチャレンジしないということが多々あります。

吉本 みんなまじめなのかもしれないですね。私は日本で生まれ育ったのに、なんでこんなに大変なんだろうかって思います。

平良 私の母は、逆に嵐のように、あれこれ考えず、そこに気持ちがあれば果敢に入っていき、平気で「ノー」とやって荒らしていくんです。

吉本 お母さんは、常にカッコいいですね。

平良 結構な割合の人たちがはじめは「なに?」って思うけれど、なぜか平気でいる人たちも意外に多くて。

吉本 そこまでペースが決まっていると、もう誰もいじれないですものね。

平良 そういうことなんですね。自分の中で、どこかで取り引きができる余地があると、相手もいろんなことを期待するから双方で疲れちゃうのかもしれない。

吉本 それは「自分」が定まっていないからじゃないでしょうか?

アイリーンちゃんのお母さんは定まっている上に、さらに水商売の知恵も持っているから、断るのがとてもうまいなと思います。圧倒的な「ノー」なんだけど、でも、ちょっと軽い感じっていうのでしょうか？ とても上手で見習いたいです。

平良 私が「ノー」って言うと重ーくなっちゃうんです。でも母が言うと、「へえ」「はあ」みたいにすぐ終わる。

私は自分の母親がそんなだからか、小さいときからいつもヒヤヒヤして、そんなふうにこれで良いと純粋には見ることができなかった。

でも、母はクラブで思いっきり踊って楽しんでいたときのように、私の保育園や小学校の運動会でも親としてあまり向いてないタイプなのに、平気でやってきて、もう思いっきり楽しんで、最後までいないで帰っちゃう。

吉本 ハハハ。帰っちゃうんですか（笑）。

平良 そう。それでも、毎年、来続けてくれる。しかも、本人が自発的に来ているのが、幼い私にも感じられたので、とても嬉しかったです。

吉本 もうこの本、私たちがお母さんにインタビューしたほうがいいんじゃないだろうか（笑）。

平良 母のように自分がほんとうに楽しくて、自分で選んで何かをしていたら、まわりも余計なことを感じずにすむのかもしれないですね。

吉本　やっぱりベティさん（平良さんのお母さん）は「自分」というものが定まっているからじゃないでしょうか？

平良　そうかもしれません。どうやったら「自分」を定めることができるのでしょう？　日々どういうことから気をつけていけばいいですか？

吉本　日々流されて決断してしまわないってことじゃないかな、と思うんです。でもほんとうに心から決めるときは速い！　みたいに、バランスをとると言いますか……。たとえば何かに誘われたとき、「うーん」と迷う時間が長ければ、一度は行っても次は行かないなど、そういうことかもしれませんし。

平良　多くの人は相手に気を使いすぎて、事を曖昧にする傾向があると思うのですが、母にはそれがないんです。

吉本　ベティさんはまず見た目からして「間合い[*65]」が違いますよね。私やアイリーンちゃんは、いかにも道を聞かれそう。道聞いてくれっていわんばかりのムードを出していますす（笑）。そこがいいところでもあり、悪いところでもある。

道を聞かれそうなオープンな感じなのは、とてもいいことだと思うけれど、そ

*65　自分と相手との距離や空間が、自分にとっては近いと感じても、相手にとっては遠いと感じたり、その逆もあり。心の在り方や置かれた状況、そのときの駆け引きによってその距離や空間は異なる。

の先を要求されそうな弱さがあるのは、やっぱりどこかで改めていったほうがいいなと私も思いながら日々微調整をしています。
私の表現で言うと、オーラがぼやけて曖昧に広がっていると、やっぱり変なことが起きやすい。変なものを拾いやすいし。
ベティさんには曖昧なものがないんです。そして、良かれ悪しかれ、人に影響を強く与える人なんですよね。
もう、佇まいだけで、「この人には余計なことは一切ない」っていうのがわかってしまう。そうだとすると、変な人も声をかけてこないし、変なできごとも起きない。
平良 ばななさんはとくにお仕事柄、まわりの人たちから「こうしてほしい」と依頼や要求されることも多いと思いますが、どのように間合いをとるのでしょうか。
吉本 私は自分の空間を保ち、その間合いをつめてきたら斬ります。
平良 斬る？
吉本 仕方ないなって思いながら。だから、常に「入ってこないで」と思っています。「わかって！」って。でも、いつもそのことが起こります。結局、生き物として間合いを読む読まないというのは、基本だと思うんです。犬や猫にもある。すやすや寝てるときに近づきすぎると、ウー、とかシャーッてなるじゃないですか。

空気は読まなくてもいいけれど、お互いに間合いは読まないといけないと思います。

平良　空気と間合いの差。今改めて気づきました。大きな差です。

吉本　「この人、今、機嫌悪い。だから、近づかないでおこう」みたいなのとは違う、人間と人間としての、魂の間合いというか、そういうのが取れない人とは、最終的にトラブルが起きますよね。

嘘、偽りのない関係

平良　空気の読み方は学校生活の中でも自然に学びますが、間合いの取り方は逆に忘れかけている気がします。修練の秘訣を教えてください。

吉本　いや、私もまだわからないです。それはベティさんに聞いたら一番早いのではないでしょうか？　あ、でも、お母さん、ただバッサリいっちゃうんでしたっけ（笑）。

平良 はい。思いきりバッサリいくほうですね。

吉本 ベティさんについて私が聞きたいのですが、バッサリいくときはどんな感じですか？「もう電話してこないで」といった感じでしょうか？

平良 いろいろなパターンがあるのですが、何かを感じて伝えるまでの時間がとても短いと思います。基本的に正直です。

吉本 言っちゃうんですか？ 正直に。

平良 まるくは収めないです。たとえばちょうど今朝、久々に母と和解した人と会えて、なぜか私がすごくホッとしました。

吉本 （笑）。笑っちゃいけないですよね（笑）。でもとても参考になります。

平良 その女性は、母よりも年上の友人で。スピリチュアル仲間というんですか。長いこと母といろいろなセミナーに国内外行っている方です。私もしょっちゅうその二人のあいだで話を聞いたりして、仲が良かったはずなんですが。

母はとにかく毎日誰かと一緒にいることをしない人で。

吉本 そうですね、べったり人といることをしないようなイメージがあります。

平良 あるときその人は、母のタイミングが悪い状況の中でも連絡をしてきて。

吉本　毎日会いたかった？

平良　はい。母の愛犬と他の友人が同じ時期に亡くなったばかりのころです。母は、このような状況だから誰とも会えないと、その友人に伝えていましたが、その女性は母に対して善意でいろいろなアドバイスをしようと、電話してきてくださって。

三回目ぐらいの電話で、「ごめん、○○さん、こんなに今は誰とも会いたくないって言ってるのに、それを尊重できない人とは私はもう会いません」と言って、それ以来電話も一切取らなくなっちゃった。

吉本　電話を取らない？

平良　はい。それから電話がかかってきても一切取らない。

吉本　お母さんは、その間、やっぱり悩んだりするのですか？　悲しんだり。

平良　「私は言うことを言ったし、○○さんといい時間を過ごしてきたから、今はもういい」と言って。

でも、母のおもしろいところは、いつもベストタイミングで戻るべき人とちゃんと仲なおりするんです。

母がある難病になったときにふと、その女性のことを思い出したそうなんです。その女性はずっとガンを治療してきた人だから、体がつらいってほんとうに大変だと思ったときに、ふと思い出して電話して、「元気？」といった感じで。

そしてまた戻るというか。そういうときに、いちいちあまり……。

吉本　ぐちゃぐちゃ考えない？

平良　そう。ふつう、だいぶ躊躇すると思うのですが。自分から縁を切ったり、結構強く言っちゃったのにと、私なら思い悩むと思います。

吉本　さすがですね。

平良　久々に二人で会っているところを見て、ホッとしました。すぐまた会ってくれるその方もすてきですよね。

吉本　よかったですね（笑）。やっぱり正直って大切なんですね。

平良　でも私は傷つく人を見るのが怖い……。

吉本　私もですね。

平良　そういうのを見ると、一週間ぐらい寝込んでしまいそう……。

吉本　わかります、わかります。自分もそこを直したいんです。つい一緒に悲しくなってしまう。

平良　でも、私がそういうことでごちゃごちゃやったあとの結果よりも、母が何か起こしたときでも戻るべきときに戻る流れのほうが、よいエネルギーの度量は大きい。

吉本　そうですよね。心からそう思います。

平良　今日二人と会ったときに、とてもいいエネルギーをもらったというか、嘘偽りのない関係がいいなって。

吉本　素晴らしい。ほんとうですね。

正直であること

平良　それでも子どものころは、かなりきつい出来事もありました。

小学校のときにできた転校生の友人がいて、その子は基本的に不登校で、お母さんが赤坂の芸者さんでした。友人の家庭もおなじく母子家庭で、とても仲良くなって。

価値観が学校にいる子たちと違うから、私も結構息をつけるところがあったんです。その子のお母さんと私の母も仲良くなって、私としては、夢見た家族ぐるみのつきあいみたいなのがキター！　という感じで盛り上がっていたんです。

でも、〝変わってることが好きだ〟と思っている人たち特有の香りというか、特別なものしか受け入れたくない家族だったから、別にそこにこだわりがない私たちは、だんだん息苦しくなってきて。お互いの間に、よい空気が流れなくなっていったんです。

中学生になって、神奈川県葉山の近くの秋谷[*66]という土地に母の意向で一年だけ引っ越したんです。その家族とは引っ越しても絆を持っていたかったし、子どもの目線から見ると、何でもかんでも関係が切れ、つながり、切れ、が多い母が私の友人家族と仲良くしてくれているというのは、命綱みたいに特別に嬉しいことだったたんです。

吉本 そうでしょうね。

平良 ある時、友人と彼女のお母さんとお姉さんと三人で、秋谷の家に遊びに来てくれたんです。そのまま泊まっていく流れだと思っていたのですが、友人のお母さんが一生懸命ビジネスの話をしはじめて、母はノーノーと言って……。

吉本 一緒にビジネスをしようというふうに？

平良 おそらく。母は話を濁さず断るものだから、そのお母さんは多分いやだったんでしょう。母の子育ての仕方に意見を言いはじめ、あたかも私と私の弟を守

＊66 三浦半島西側にある葉山の隣街。海沿いの風光明媚なエリア。

ってくれるかのように、母を諭しはじめたんです。でも、母からすると良くない流れにどんどん動いていって。

私は、「わぁ、この人は、こんなに私たちのために親身になってくれているのに」と、ひやひやが続きました。

吉本 子どものときはその場の情を何よりも優先してしまったりしますもんね。

平良 そうなんです。なにしろ私のために言ってくれているように思えたから。

吉本 「これじゃアイリーンちゃんかわいそうよ」みたいな。

平良 そうです。でも、母からすると、生き物の本能なのか、子どもを使って何かしようとすることに、一番ダメチェックが入ってしまうようで。

吉本 わかります、わかります。

平良 その場で、「ごめんなさい、もう帰って」と言ってしまったのです。はるばる秋谷まで来てくれたのに。

吉本 はいはい（笑）。横須賀のはじっこですよね。

平良 そう。夕方六時くらいかな。夜ご飯食べに行く行かないの直前でした……いまだに忘れないです。すごくきれいに夕日が落ちていくのと同時に、どんどん険悪な雰囲気になっていって。

父だったら絶対あんなふうにしないで、義理でも絶対ご飯までは食べましょうとなるけれど、母はもう三人まとめて、「ごめん、もう帰って」って。私が止めようとしたら、「アイリーン、もういいから」みたいな感じでした。

吉本 勉強になります。

平良 その後は忘れましたが、きっとギャーギャー泣いて母に反発したと思います。私とは正反対に切り替えが早く、自分の選択に何の迷いもない母の態度にまた傷ついて泣き明かしました。

でも、いま自分も大人になって振り返ると、何か人間関係に深入りする傾向の強い家族だったなと思います。母はとくに影響されやすかった私を守ろうと、いろいろ母なりに思うところがあったんだろうなという理解はあります。

吉本 うん、そうですね。とても参考になりますね。

平良 でも、母を見ていて一番勉強になったのは、戻るべき縁は絶対戻るし、離れるものは絶対離れるということに対する確信は、理屈じゃなく、やっぱりあるということです。

人間があまりこねくり回せない縁っていうのは絶対あるっていうのを見てきました。仕事のシーンでも。

吉本　確かになかなかできないことだけど、できればそうしたほうがいいんでしょうね、いろいろ正直に言ってしまったほうが。
相手に気を使っていることによって、お互いにどんどん減っていっているものがあるような気がしますよね。

不誠実さが自分の中にないこと

平良　子どものころの母にまつわる出来事は、いま私が子育てする中で、ふと思い出しては、自分はどうあるべきかと考えさせられます。
ばななさんはお子さんにこれだけは言わない、しないと決めていることはありますか？

吉本　私はむしろ決めないようにしてます。

平良　こうしちゃいけないとか？

吉本　失敗したらまたやり直すみたいに、柔軟にしています。人だからイライラして子どもを遮《さえぎ》ったこともいっぱいあると思いますが、ある程度はやり直せるなと思い、日々、様子を見ては修正しながらやってきた気がします。

平良 子どもにはこれを言わない、しないと決めても、子どもの言うことを聞いてあげようとする姿勢はむずかしいです。

吉本 決めてしまうとすべてが違いますし……。

平良 それも「間合い」ですね。

吉本 やっぱり間合いですよね。これは本気だ、これは気分で言ってるだけだ、というのをわかってあげられたら、対処できると思うんです。

平良 私は子どものころ母に、いやだと思ったことに蓋をされたことがないんです。

吉本 きっと、すごく尊重されていたんですよね。

平良 先ほどのお話で、ばななさんのお父様もそうだと思いました。すごく子どもを尊重されている。ばななさんの存在価値をちゃんと認めていらした。

吉本 私の子どもにはちゃんとできていないと自分で思います。いい加減でその場しのぎのことをいろいろやっているので、あまりきちっと決まったいいところはないような気がします。自分は子育てにそんなに向いていないというか。子どもが子どもを育てちゃってるみたいなところはあると思います。

まず私の子どもはサラリーマンにはならないだろうという前提で育てているか

ら。そこはよく思い切って切り捨てることができたなと思いますけどね。

平良 それは、「記憶」からではなく、冷静な目で相手を見るからできることですよね。

吉本 私にもし真面目なタイプの子どもが生まれてきたら、多分きっちり育てたと思うんですけれど、あまりにも自由な性格で、これはサラリーマンはムリだなと思ったんです。その子の個性を見るというのは、とても大切ですよね。

平良 私だったら決めることがむずかしくて、これ違うとなってしまう……。

吉本 わかります。私もです。そこをベティさんはちゃんとすぐ決めることができるのですよね。

平良 そうですね。私は頭でわかっていても、何回かそれでもトライして、そして自分を説得して、ようやくノーと言ってみるという、へなちょこ具合なのですが。母の場合は、母が多分ノーと思う以前に、母の目の前に何かのサインが出ることが多いです。

たとえば、あるとき物件を改装することになって、母はその改装業者の責任者に関して、何か違和感のようなものをすぐに感じとるんです。かと言って、それを悪口のようにまわりに言うというよりも、それをまとめていた私の弟にビジネス上で色々と抜けているところを詰めていくんです。
弟も私と同じで、子どものころ、うまく築くことができなかった人との深い縁に憧れているところがあり、話を詰める作業が弱いところがあります。そのことで母ともめたりしていました。
ある日、現場に行ったら、異常な状態で廃棄物が公道に積まれていたり、何か雑なものが現れはじめました。その後もトラブルはどんどん向こうのほうから出てくるので、言わざるを得ない状況になってくる。
推測からではなく、結果として切らざるを得ない状況が向こうからやってきて。そういうことは、母はとても早く感じとると思います。

吉本 トラブルの種があれば必ず芽は出ますからね。お母さんには種が見えるんですね。そしてノーと言える状況がちゃんと来てしまう。

平良 大なり小なり、母が何か違和感を感じた先にはトラブルが起きて、一見もめごとが多い人のようにも思えるのですが、でも確実に私よりも最短で問題を解決できている。

吉本 最短、それは大きいですね。

平良 お恥ずかしい話ですが、私や弟がつきあっていた恋人も、母の前では相手の嘘のようなものが現れるんです。
たとえば、弟の元カノは一見礼儀正しく優しいお嬢さんで、私や弟の友人たちからも好かれていたのに、母と会うタイミングで、隠していただらしなさのようなものが露呈したり、離れた街に住んでいるのに知らない男性と親密な様子で歩いている姿を母が目撃したり。すると母は弟に、その彼女のことを気に入っていないと正直に言うわけです。
私にも同じようなことがあり、母に指摘されると私は母の勘違いだと事を先送りにしていましたが、結局その指摘はいつも正しくて。
じつは誰よりも色メガネをかけず人を見る母に、最終的には気づかされていました。

吉本 やっぱりそれは人生の達人ですよね。私もそこを目指そうと思います。

平良 でも、ばななさんもそういった場を大きくさばく力をお持ちですよね。

吉本 いやいやいや、私はダメですね。傷をぐずぐずさせちゃうタイプ。すぐ念を感じてしまう。多分ベティさんも感じてらっしゃるとは思うんですよ。

平良 それをどう振り払っていくか。

吉本 そうそう、そこが大切なポイントですね。

平良 母はそんな状況でも、「大丈夫よ」ってよく言うんです。

吉本 大丈夫なんですね！

平良 母は見た目も派手なほうですし、トラブルの状況下にいる人には過激な人だなという印象を与えると思うんです。

でもじつは、母の日常というのは意外と静かで。誰にも見られていないところで、母にとって、自分の心にとって「大切な決めごと」みたいなものがあるように思います。小さな命が消えたらコツコツ母なりのやり方で葬ったり。ばななさんもエッセイで書かれていましたが、ホテルを出る際にその場を清めるかのように綺麗に整えたり。でも誰にも言わず自分の心だけがその方法を知っているような。

母もそんなことを日々いろんなところでやっていますね。本人に聞いても否定しそうだけど……。

吉本 うんうん。

平良 誰にも裁かれない場所で、自分の魂だけがイエスかノーかわかっているようなときに、善きことを重ねているから、誰にも惑わされない。

「不誠実さが自分の中にない」ということを大切にしている人だと思います。

吉本　とても素晴らしいお話ですね。

平良　でも、娘としては簡単に美談に収められない、とんでもない人なんですけどね（笑）。

吉本　「教えてベティさん」っていう本に変えて、ご本人をお呼びしたいくらいです！

平良　ばななさんも、ご本に書かれていることですよね。やはり自分でしか裁けない。もっと大きなこの世の目でしか裁けないようなことがあると。

吉本　そこで起こる軋轢には恐怖を感じない。

平良　母も、それは怖くないと言っていますね。

吉本　私、最初はベティさんに会うの怖かったですもの。この人には全部わかっちゃうんだと思っていました。特にうしろめたいこともないのに、ドキドキしました。でも、あるときからなぜか怖くなくなったんですよね。

平良　なぜだろう……。

吉本　多分そのころは私もまだ、いっぱい自分に嘘をついていたんじゃないかと思うんです。

あと、ベティさんも変わったと思います。お母さん、はじめのころは、よりミステリアスな暗さがありました。

平良 今でも、暗いところはあります。なんで変わったんだろう。

でも、ウニヒピリの声を聞きはじめると、変化は起き続けますよね。

吉本 ウニヒピリと仲良くなると、どちらかというと、メスで切られるぐらいの感じのことが起きることが多いです。

いらないものがムリやり取り出されちゃうような、すごい痛みを伴うことが多い。

平良 ホ・オポノポノを実践して、ただ「幸せになってきます」「落ち着いてきます」っていうだけではないと感じています。

見るべきものを見せられて、対処の仕方も変えさせられて。そして内側が変わり、人生の歩き方も変わる感じがします。

吉本 私もそう思います。

小さな嘘や意地悪は取り除く

吉本 私、すごく大好きな本があって。『いのちの輝き フルフォード博士が語る自然治癒力』(ロバート・C・フルフォード著)。フルフォード博士[*67]という方が書かれた本、オステオパシー[*68]の創始者に習った方で、私の夫がしているロルフィングのように、体を触ったら何が起きているか、わかっちゃうぐらい指先を厳密にするオステオパシーの名医で、もう亡くなられたんですけど、九十何歳まで生きて。

たくさん紙がある下に髪の毛を一本置いて、どこに髪の毛があるかをわかるようになるまで訓練してはじめてできるのがオステオパシーだっておっしゃっていて。

そのフルフォード博士の本で印象に残っている話があるんです。

お店に行くと、レジ係がお金をごまかすんですって。「この人、相当おじいちゃんだし、一ドルぐらいいいか」みたいに多く取っちゃう。

人間というのはそういうことをすると、やられたほうには影響はないけれど、やったほうにはちっちゃい傷が残って、それがいつか何かになって、さきほどのカルマの話みたいだけど、必ず出てきちゃうから、そういうことはするものじゃないよ、みたいなことが書いてあって。

納得がいったのを覚えています。

*67　半世紀にわたり、アメリカで何千何万という患者を治療してきたヒーラー(治癒者)。

*68　人間の自然治癒力を最大限に活かした医学。

平良 犯罪ではなくても、今までの人生の中で、人についた些細な嘘だったり、意図的に傷つけようと思ってしまった悪いことは、自分の中でほんとうに長いこと消えないですよね。

吉本 そう。消えないし、必ず何か別の形で出てきます。人生って厳密にできているからだと思います。

平良 たとえば大きな決断をしなければいけないときに、私はいつもそれが出てきて、自分らしさや自然な流れをブロックしているように感じています。

吉本 きっとそうですよね。

平良 そのいつかの小さな嘘や意地悪が残っているから、自分に対して信頼ができない。

吉本 とてもよくわかります。

平良 だから決定的な決断ができないというか。

ちょっとまた母の話に戻っちゃうのですが……。

吉本 やっぱりこの本「ベティに聞け」ってタイトルにしましょう、何回目ですかね、これ言うの（笑）。

平良 母は母できっと、まわりからしたら、「ベティさんからは相当傷つけられました」と言われそうなことは、きっとしてきたと思うのですが、本人の中では多分、悪気はなくて。

吉本 あ、それ大切。

平良 または自覚はあるかもしれませんが、それはかなり少ないと感じます。

吉本 うん、そう思います。

平良 自分に嘘をつかず、絶対に相手を意図的に傷つけることはしないと自分の中の何か法則みたいなものがきっとあって、母とディヴィニティのあいだで取り交わされている約束みたいなことにはすごく忠実だから、大きい決断がとても速くできる人です。

吉本 わかります。なんて大切な話だろう。

平良 母が人にノーと言うときに、私から見たら爆発事故に見えるけれど、もしかしたらお互い一番傷が浅く済んでいる場合もある。

吉本 そうだと思いますよ。愛なんだと思います。

平良 私もフルフォード博士がおっしゃるように、小さな嘘や意地悪は、意図的に取り除くことを日々努力したいです。

吉本 それが一番大切だと思います。それができたら、ビックリする速さで人生が展開していくと思いますよ。
自分の中で矛盾のないようにしておけば、多分そんなにひどいことは起きないという自信を持っていいと思います。

平良 人生って厳密ですね。

吉本 でも、そうさえしていれば、まっすぐ進める。そう思えば、すごくラクですよね。

平良 厳しいけれど、じつはシンプルで、自由でいたければ、今からでも取り組んでいけるのかもしれません。

足跡を残さない

平良 やっぱり自分の中に残る小さな嘘や、他人に対して結果的に傷跡を残すようなカルマを作った記憶が、今の自分を不自由にさせていることと関係しているのですよね。

吉本 もしも自分に自信がなければ、そういうことで生きている証を求めようとしちゃうんでしょうね。

人にわざわざ針みたいなものを引っかけていかなくてもいい、というふうに生きていくというのが一番軋轢も少ないし、自分の流れにも逆らわないでいられるような気がしますよね。

たとえば、ゲラ[*69]を見ていると校閲[*70]さんが、「私が行ったときはこうじゃありませんでした」と指摘を赤字で入れることがあるんです。「私が行ったとき、北海道は月見えませんでした」といった感じのことを書いて本文を直してある人がいて。「この時刻、飛行機は飛んでいません」というのはもちろんお仕事に必要なことだし事実だからOKですが。でも、そうじゃなくて、「私」を入れてくる人がたまにいるんですが、そういうのと同じことだと思います。

平良 そうすると何かが残りますよね、心にもその場にも。

吉本 そう、嫌なものでもいい、「残したい」というね。だから、そういう人のとき、「ほんとうにごめんなさい」って別の方に代えてもらうんです。「わからなくなっちゃうんで」と言って。

だけど、人間関係ってそういう部分が多い気がします。嫌な印象でもいいので自分を見てとか、自分を残したいとか。

平良 「自分」を残したい意図が釘のようにささって、その場の自然な流れを滞

*69 出版用語。「ゲラ刷り」の略。校正刷り。

*70 文書・原稿などの誤りや不備な点などをしらべて正すこと。

らせてしまう。

吉本 そう。通りが悪いという感じがします。それに先ほどの話で言うと、プロフェッショナルではなくなってしまう。いちばん大切なものをダメにしてしまう。

平良 たまに私もそうしているときがあるんです。さらっとすればよかったのに、何かを残したいという、その気持ちがちょっとでも見えたら、その場で、または最低でも、後からでもたくさんクリーニングするようにしています。

意図しているわけではないけれど、そうするとほんとうに人間関係も仕事もよりスムーズに豊かになる。

ヒューレン博士がよくネイティブアメリカン（アメリカ先住民）を例にとって、

「彼らは行った先で、できる限り足跡を残さないんだよ」

とおっしゃるんです。足跡を残さないように記憶を消していくことで、みなのもとに自由が戻ってくると。

吉本 すごくわかります。それが自然なんです。

平良 たとえば、はじめは贈り物をこの人に喜んでもらいたいという、すごく純粋な楽しさで選んだはずなのに、何かの記憶が再生して、ちょっとした想いを盛って渡しちゃったり。私もよくあります。

吉本　それは人間だから誰にでもあるし、決してなくならないんじゃないでしょうか。ただ、それをなるべく少なくできれば一番いいんだろうなって思います。

平良　それを少なくできれば……。

吉本　大きく変わると思いますよ。

一般に人はお互いに傷をつけ合って、その傷があってこその仲で、それは情のような、絆みたいなものだから、しかたないという考えがよくあります。でもそれは、ほんとうは違うと思うんです。

何も取ったり取られたりしないほうが、お互い豊かなんだと思います。

第五章 ほんとうの自分を生きるために

人間関係の育み方

平良　最後の章では、ばななさんへ、ほんとうの自分を生きるための人間関係の育み方や心の立て直し方、パートナーについてなど、ランダムにお話をうかがえたらと思います。
　まず最初に。人間関係といえば、ばななさんにお会いすると、いつも刺激を受けるとともに、そのあと心が落ち着くのは、きっとばななさんの内にある静謐な部分に触れているせいかもしれません。
　そして、ばななさんはいつも何かに向かって開いているように見えます。

吉本　可能性には開いているかもしれないです。

平良　ばななさんは、いろんなことにチャレンジされていて。でも、その動きが騒がしくないというか、スーッとしている。絵本に出てくる旅人のような感じなんです。

吉本　たとえば冒険家で言うと、未知なるところをワーッと行くようなイメージがあるけれど、ほんとうの冒険家の方は前の日の装備の準備では、百回ぐらい紐を縛り直したり、数え直したりしているんです。そういう地道な作業こそが結局、冒険を支えているんじゃないかなと思うんです。

富士山を登るときだって、裸足で行ってはダメじゃないですか。よっぽど身体能力があれば別ですけど、寝不足で行ってもダメだし。地道な準備をして、トレーニングして、結果、冒険になっているだけで。

「冒険行くぞ、ウオー」と言って冒険に行ってる人を私、一人も見ないんです。みなさんむしろ地味です。

平良 そうですね。旅先で出会う本格的なバックパッカーや登山家は、かなり地味で静かな印象です。

吉本 派手な人はやっぱり、モグリというか初心者です。すごい人はバックパックの意味のあるところだけに一個だけ鍵がついていたり、意外にいろんなものがガムテープで留められるからガムテープが大事だとか、落ちついた地味な話をいっぱいしてくださり、そういうものなんだなと思って。

平良 先ほど、「ネイティブアメリカンは行った先でできる限り足跡を残さない」という話をしましたが、ヒューレン博士やKRさんを見ていると、お二人も別れ際に相手に対して「何か」を残さないんです。

人間関係において強い印象や興奮したもの、寂しさや名残惜しささえないような気がします。
徹底したクリーニングの後に残るのは、穏やかな気持ちと次にスムーズに動けるような空気感。
ばななさんの人間関係のあり方も、それに似ていますか？

吉本 どちらかというと、あんまりパーッと行かないですね。

平良 とてもよくわかります。

吉本 他人のことだとわからないですけれど、自分に関しては、「急なことはあまり得意じゃないな」というのははっきりしています。

平良 私はどちらかというと、自分のペースや距離感のようなものを忘れちゃう。とりあえずその場しのぎで相手のペースに合わせているほうが多いかもしれません。

吉本 私もよく忘れちゃいますよ。だからいつも人を見るとき新しい気持ちでいられるのかもしれないです。

平良 それでも人と会うとき、心がけていることはありますか？

吉本 私は少し合わない人と会って、それなりによい時間を過ごしたあとでも、別の顔を夢で見ることがあるんです。その人に抱いた「違和感」を必ず見てしまうから、もう考えてもしょうがないなというところに至ってます（笑）。

平良 ではどうしたら、その人たちと会っている時間の中で自分のペースを見失わず、できるだけ自由に、ともに過ごすことができるでしょうか。

吉本 まず自分の中で枷《かせ》や枠があった場合は、礼儀正しくふるまいながらも、「自分の心の中の動きを、よく見たほうがいい」ですよね。

とくに人間関係に関しては、いまだに信じられないことが起きることはあります。何年間生きてきても、自分の感覚は絶対的に信じていても、盲点というような「ほんとう？」みたいな事件もありますし。

それでもやはり、「よく考えてみたら、ずっとそう思ってたな。この人きっとこういう人なんじゃないかなと思ってたから、別に不思議じゃないな」って、すぐわかるんです。

たとえば親しくして、すごく感じがよかった人が、めちゃくちゃ自分の悪口言ってたり。至れり尽くせりしてくれたけど、詐欺が本業だったとか。

あと、過剰な笑顔、過剰な怒り、過剰な楽しさには常に気をつけています。その揺り戻しが怖いなって私はいつも思ってしまうんです。

「ずっと笑っていて疲れない？」と思えてしまう人は、どんなにその場が楽しくても疲れるし、違うなと思うんです。家に帰ったときの暗い顔のその人が、フッと思い浮かんで。「あ、これはこの人の全部じゃない」というようなことには、人より敏感だと思います。

ほかにも「あの人にだけは絶対近づきたくないな」みたいなことを私がボソボソっと言うと、「え？　みんなに好かれて友達も千人いて、SNSでもいいね、いいね、みたいな人なのに、なんで？」と聞かれるような苦手な人が何人かいて。そういう人は自分のことも騙しているんだと思います。でも、私の勘のいい友達だと、すぐ「わかる」となるんです。

平良　自分で自分を騙しているとき、その他の人々の巻き込み方の幅が大きくなりますよね。

吉本　そう。まわりも騙されちゃいますし。私はその「過剰」に近づいちゃうと、自分だけで考えたり書いている時間がなくなるから、たとえ寂しくても近づきたくないんです。

だから、過剰じゃないお付き合いが一番平和だし、長続きするなと思っています。それはある意味コツかもしれません。バーッと盛り上がったものは、バーッと冷めるに決まっている。恋愛もそうだけれども。

平良 よくわかります。台湾で暮らしはじめたとき、私はここの新人だから、いろいろな人が興味を持ってくれて知り合っていくし、こっちもだんだんエンジンがかかる。

吉本 そうですよね、だんだんね。

平良 そうなってきたときの人の巻き込み方、巻き込まれ方は、やっぱり一瞬、興奮する感じなんですよね。

吉本 興奮して過剰な状態ですよね。

平良 まさしく過剰な状態だから、来る人たちもワーッて半分酔っぱらっているみたいな……。

吉本 ちびまる子ちゃんがパアァッ[*71]……てなるときみたいになっちゃって(笑)。

平良 正にそれです(笑)。それはそれで楽しいけれど、それに気づいたときに調整しないといけない。

そういえば、母は私が盛り上がっているとき、冷静に見ていて。

吉本 ベティさんが(笑)。

平良 そう、また母が出てくるんですけど、私の人間関係に普段あまり口を挟まない母が、そういう過剰なときは「アイリーン、あの子のどういうところが好き

＊71 漫画『ちびまる子ちゃん』(さくらももこ著／集英社)の主人公まる子が何かにときめいたり、有頂天になる瞬間、まる子の背景がお花畑になる、おなじみの描写。

なの？」とさらっと聞いてくるんです。

別にふつうの質問なのに、やたら反応してしまうのは、ウニヒピリにとってやはり異常事態が起きているからで、興奮を抑えながらも、私がそのとき見えていることを言うと、「へぇそうなんだ、私にはそう見えないな」みたいなことをしらっと。そういうことを言われるとカチンと来て、いちいちしらけて傷つくんですけど。

吉本　カチンとは来るけど、落ち着きますよね。

平良　一旦、〝入り口〟に戻ることができるので、落ち着いて、そこからクリーニングで調整はします。

そうやって母からの何気ない言葉で、頭から水をかけられたような感じになるのは、やはり「記憶」によって、だいぶ興奮していたんだなと気づきます。

ところで、仕事でも過剰に盛り上げて、人為的に動かしている人っていませんか？　興奮させるのがうまいというか。

吉本　いますよね。急なものは急に冷めるなと思って、私は近づかないですね。

もちろん、新しいものや革新的なものは必ず生まれてくるべきだと思う。

でも、そういうものは、フッとみんなのあいだに生まれてきて、いつの間にかみんなでやっちゃったみたいなものであって、バーッとは行かないような気がします。

その動きを人為的に「やろう！」というと、それはドラッグみたいになって、先ほど話した私の親友のお父様みたいに次々いろんな事業をしたり、落ち着かない人生になるのかなと思います。

それは私が地道な志向なだけかもしれないけれど、概《おおむ》ね正しいような気がします。

心の立て直し方

平良 ものすごく落ち込んでいるときに、未来に向けて健康的に立ち上がるためのアドバイスをお聞きしたいです。

私は台北での暮らしの中で、壁にぶつかりそうになるとき、クリーニングを続けていても、心身ともに簡単にリカバーできないことがあります。

「ほんとうの自分の道に戻るための軌道修正」を教えていただきたいです。

吉本 やっぱり目の前のことだけ考えることじゃないでしょうか？

今だったら、たとえばサンドイッチ&対談[*72]みたいな（笑）。別のことを考えないこととというか。

平良　目の前にあること。ほんとうにそうですよね。「今」に集中するということですね。

吉本　そして体を動かす、それこそ雑巾がけとかして。「こちらの柱の角、これだけ汚れているということは、あっちはどうなんだ」というようなことだけを考えて。

細かいゴールがあることはいいですよね。

平良　頭の中が「記憶中毒」のとき、掃除や整理整頓などで体を具体的に動かすことで、ウニヒピリとのバランスがとれるのでしょうね。記憶中毒を放置しているとき、家は殺伐としていきます。

吉本　情報の遮断も現代では必須だと思います。二、三日まったくネットを見ないとか、旅行に行っちゃうとか。そして旅行に行っている間は何もしないとか。それである程度立ち直ると思うんです。

でも全然知らないところに一人で旅行に行くと、まずサバイバルすることのほうに神経がいって疲れちゃうから、十軒隣に知り合いがいるぐらいのところがい

＊72　この日、対談のおやつはサンドイッチでした（平良）。

いかなぁ、と思います。四日に一回、晩ご飯を人と一緒に食べる、それぐらいの距離感で過ごしながら、しばらくネットの情報を遮断するというのは、一番早いんじゃないでしょうか。

たとえば失恋したり、誰かが死んでしまったり、裏切られたり、そういう落ち込みのときも場所を変えると気分はちゃんと変わりますよね。

できればスケジューリングは大筋では決まっているほうがよくて。ホテルや旅館だったら、お昼ぐらいからは掃除の時間だからしばらく出なくちゃいけない。その間だけ出ようぐらいで、ちょっとまわりを散歩するとか。

平良 細かいゴールと、大まかなスケジュールですね。

吉本 その中にしばらく身を置くだけで全然違うと思います。ほんとうに落ち込んでるときは、旅の手配さえいやなんだけれども、そこだけ頑張ってやって。ちゃんと宿泊場所、訪ねる知人だけは決めて。大きな動きだけど、型にはまった動きのほうが、そういうときはいいですよね。

目的も行く先も決めず、ふらりと旅に出るのは意外にエネルギーを使うので、やめたほうがいいと思います。それがいいのは、繰り返しの日常で気分がぼやけたとき。落ち込んでいるときじゃないと思います。

似ているけれど違うんですよね。

パートナーの見極め方

平良　私のまわりの若い人たちは、「パートナー」の見極め方がわからないという人は多いです。

吉本　いいパートナー……さきほどのフルフォード博士の本でもう一つ印象に残っている話があって。すっごくおじいさんくさい言い方でもあるんだけど（笑）、「最近の若い人は、見た目とか感情の勢いにとらわれ過ぎるけれど、一緒にいて心から自分が迎え入れられている気持ちになるパートナーを見つけなさい」というようなことが書いてあったんです。

ワクワクしたり、ドキドキしなくてもいいから、かといって心が沈むということでもなく、一緒にいて自分がすごく許されているような、心から招待されているような、一緒にいて温かくなるような、そういう人を探しなさいって。

ほんとうにそのとおりだなと思ったんです（笑）。

フルフォード博士が空港で二人のあいだに温かいものが通い合っているような

カップルが搭乗を待っているのを見たときに、ちょっと笑顔になる、ホッとする、あ、この二人は合っている、長く続くと思った、という言い回しからはじまっていて。二人の調和している様子を見ればわかるみたいな。

若い人が「この人、どうでしょう」と連れてきても、あ、絶対違うなっていうのもわかると書いてあって。

何を基準にするかというと、その温かさ。ほんとうにそういうことなんじゃないかなと思います。

その言葉を読んでいなかったら、私も例に漏れず、現代社会に生まれて育ってきたから、大恋愛！　一目見たときから好きです！　すぐ付き合って結婚！　みたいなものに引きつけられちゃったかもしれないなと思います。だから若い人たちが結婚するって言い出したときに、必ずその気持ちで見るようにしています。

平良　そのお話を聞いているだけで、今すでに心が温かくなりました……。

吉本　もしくは相手をそういう相手まで育てるというか、そういう状況になるまで関係を育てるというか、そういうことなんじゃないかなと思います。

平良　どんなに取り繕《つくろ》っても、どんなにたくさんのイベントをともにしても、自分の心が今、温かい状態かどうかだけは、嘘がつけないですよね。

吉本　つけないです。ワクワクする気持ちはある程度自分に嘘をつける。すっごくカッコいい人が目の前にいたら、カッコいいと思って楽しくなっちゃいますもんね（笑）。でも、そういうのではなくて。

平良　そう。温かい気持ちだけは、脚色ができません。

吉本　内側から湧いてくるもので、頭で考えることじゃないですものね。

平良　ほんとうにそう思います。

別れの覚悟

平良　私たちの人生に必ず訪れる、親との別れの不安についてもお尋ねしたいです。ばななさんは数年前にご両親を亡くされました。当時のことをエッセイなどでも読ませていただいて、改めて、これは大変なことなんだと年々深く考えるようになりました。

私も、ここ数年で両親も歳をとっていると実感する機会が増え、いつか別れるということに対する恐れや悲しさを無視できないのです。

吉本　いつか来るって、わかっていることですからね。

でも、ほんとうに大変で。ただ「こんなことずっと続いたらこっちも死んじゃうかも」と思ったのは一年間ぐらいか二年間ぐらいで。長そうだけど意外に短いっていう印象が強いです。

子育てと一緒で、子どもが一生赤ちゃんかと思っていたらもう十五歳になっているのと同じで、亡くなるまでは今思うとあっという間でした。

でも、そのときは確かに永遠に続く気分で、「永遠に朝早く起きて白目むいてるんだ」とか「こんなに老いた親を、まだずっと見ていくんだ」と思っていました。

平良 子育てに関しては真っ只中なので、そう言っていただけると今の時間の貴重さに気づくことができます。

私の両親はまだ若く、まだ大変ではない分、老いていくというイメージが怖いんです……。

吉本 でも、神様のくれた時間かのように、親がだんだん老いていっているぐらいのころが一番楽しかったかもしれないです。

両親も自分が歳を重ねていくいい部分を味わっていたから。いま思うと、よかった時代だったような気がします。

最後の二年は悲惨でした。たくさん泣きましたし。
でも、今思うと、最後だからこそのいろいろな「祭り」があったな、みたいな気がします。深夜の病院のような普段いない場所にいたり。
過ぎると目の前から親は永遠にいなくなっちゃうわけだし。

平良　同じ年にご両親ともに亡くされたのですものね。

吉本　ビックリしました。まさか母まで死ぬなんて、って。えっ、またお寺？　この間、来たばかりなのに？　って。物理的に疲れましたね。移動も多く、自分も倒れたし。

平良　そういう話を聞けば聞くほど、体と心はつながっていると感じます。

吉本　私はまたとくに受けるタイプですからね。父が亡くなるとき、全部一緒に受けちゃいました。

平良　ほとんど入院されていたのでしょうか？

吉本　出たり入ったりでしたね。父が熱を出したら自分も熱が出たし、子どもと一緒でした。ちっちゃい子が熱を出すと、自分もなぜか熱が出るじゃないですか。あれと同じで、父とはそういう共鳴をしました。
体はやっぱり疲れました。でも、祭りだからしょうがないです。祭りの日は徹夜もあるだろうみたいな感じで。怖がっている時間のほうがむしろ長かった気がします。「入院ってことは、もうずっと入院？」と思っていたけれど、また出てきたりして、「あれ、また出てきた」「また入った」「あ、次はどうなるんだろう？」っていつも怖くて。

平良 なんの記憶なのか今もうすでに、両親がいつか弱っていくということが怖いんです。

吉本 私もそのころが一番怖かったですよ。両親がまだ元気なころが一番怖がる余裕がありました。

私も今、猫とか——猫と一緒にしちゃダメですね（笑）。うちの猫がおじいちゃんで、そう遠くないなと思うと、胸がギューってなります。

でも、生き物だからしょうがないですものね、亡くなるということも、私たちのその気持ちも。

平良 乗り越えてこられたのですね……。

吉本 乗り越えてきたというか、「あ、過ぎちゃった」「しょうがない」みたいな。「こうなっちゃったらもうしょうがない。だって目の前で死んでいるもの」って、そのときはじめて愕然とするんです。

命のことは自分ではどうしようもないことばかりです。

平良 もっとこうしてあげればよかったと後悔するとよく聞きます。

吉本 後悔は尽きることはないです。でも、それも当然ですよね。

平良 私、今もうすでにいろんなことを後悔しています。おばあちゃんがもうちょっと今よりも元気で歩けるときに、もう少しあそこに連れていってあげればよかったって。まだ生きているし、歩いているのに。

吉本 でも、おばあちゃんご自身が歩いていきたいかどうかは別で。意外に本人にしかわからないものです。

平良 あと、学生時代の自由に時間が使えたときに、親にもっと優しくしたり、ゆったりとともに過ごす時間を持てればよかったとか、たまに思います。

吉本 わかります、わかります。

平良 やっぱりまた「今」に戻って、雑巾がけをするように、今できることをするのが一番ですね。

吉本 うちの両親は一緒に旅行したら喜ぶタイプでもなかったので、あまりそういう後悔はないのです。そのぶん、毎年夏の海に一緒に行っていましたしね。

平良 喜ぶタイプではなかった？

吉本 そういうタイプではなかった。子どもに連れていってもらうなんて、居心地悪いとむしろ思うタイプだったと思います。
むしろ近所のなつかしい街にごはんを食べに行ったりするほうが、楽しそうでした。

平良 先方の体調に合わせて、その時々にできることをやるしかないですものね。
親だから子どもと行く旅行は楽しくて当たり前とか、そういう幻想や思い込みをクリーニングして親孝行はこうあるべきだ、幸せな老後はこうなはずだという判断から現実に目覚めるって、ほんとうに大切ですね。

真の生きやすさとは

平良 最後に。ばななさんにとって「生きやすさ」とは、どんなことでしょうか？

吉本 「生きやすさ」というのは「ラク」とは違います。人生には困難があるに決まっているなら、「その人らしい困難にあたるべき」ということですね。
多分私が生きていて出会う困難と、アイリーンちゃんのそれは違うと思うし、それぞれがそれぞれの困難を味わっているからこそ、お互いにアドバイスができるわけで。

逆に、それぞれがそれぞれを生きていくうえでの生きにくさをちゃんと体験しているからこそ、自分の生きやすさも人の生きやすさもわかるようになっていくんじゃないでしょうか。


平良 今回の対談でばななさんが繰り返し、「己を知る」ということをおっしゃいましたが、ふんわりでいいから、「自分らしさはこんな感じだね」と、いつも優しくそれを抱いている状態がいいのかなと。決めつけるということではなくて。

人生には必ず困難は出てくると思うけれど、どこをどう歩いても、道が変わっても、優しく抱いている「自分らしさ」をいつでも思い出せれば、大丈夫だと思うんです。

その「自分らしさ」とは、つまり「ウニヒピリ」のこと。ウニヒピリといつも一緒であれば、そしてそれを脚色したり、コントロールしたりせず、ただ抱いて対話していけば、困難があっても本来あるべき状況に戻れるんだろうなと、大きな確信をいただいた気がします。

吉本 そういう感受性が、生きやすいってことなのかなと思います。豊かさって困難も味わうことだと思うから、それぞれの困難を楽しんで生きていくのがいいんだと思います。「人の枠」には決して入れませんから。自分自身の困難を解決していく過程が豊かなんであって。ちょうどいい温度の薄暗い部屋で一生寝ているのが一番長生きできるって言いますもんね（笑）。でもラクだけだったら人生の意味がわからない。

平良 そうですね。私の場合、まだまだ慣れない台北での生活の中で、困難を味わうこともありますが、その中でふと豊かさが訪れるときがあります。

そういえば、困難を生きる先に出会える喜びを最近も感じました。ばななさんが台北ブックフェアのメインスピーカーとして来台された時です。とてもお忙しいのに時間を作ってくださって。

吉本 いえいえ、こちらこそ楽しい時間をありがとうございました。

平良 ふと、「あ、今日はとても天気がいいし、光の感じも気持ちいいから」って、ばななさんの帰りの飛行機の時間まで少し散歩しましたよね。

飛行機が予定より遅れたおかげで時間もちょうどよく空いて、のんびり一緒に過ごすことができて。たまにふっと入ってくる幸せな時間。

あのとき私、「神様ありがとうございます」という気持ちになりました。

吉本　そうですよね。困難な人生の中での救いというか、人生のごほうび。

平良　困難を味わうって重く聞こえるし、もしかしたら私よりもさらに若い人からしたら、何の魅力もなく聞こえるかもしれないけれど……。

吉本　そんなことはないと思います。

今は〝素直に個々の困難に向かっていくべき時代〟だと思います。

そして〝その人を生きる〟というようなことに向かっていくことを、もう一度取り戻さないと、ほかの人も救えないし、自分も救われないと思います。

平良　〝素直に個々の困難に向かっていくべき時代〟。

困難と思える体験が多かった台北での日々の中でも、先日のごほうびの時間が現れてくれたことで、「ああ、いま私の人生は、いいところに向かっているんだろうな……」と気づくことができました。

ばななさんとともに過ごす時間の中では、いつも身近にウニヒピリの存在を感じることができます。

吉本　二人の友情の間で育っていくものがあるんでしょうね、時間もゆったり流れていましたしね。

平良 ばななさんが、厳しく、優しく、私の人生に現れる真実を見せてくれる、このような機会に心から感謝します。

吉本 こちらこそ、いろいろ考えるきっかけ、話すきっかけをくださってありがとうございました。

アイリーンちゃんやベティさんの魂に触れることはいつも大きな喜びです。

ホ・オポノポノにもありがとう。（了）

おわりに

吉本ばなな

アイリーンちゃんは、経済力も体力も育った環境もまったく違うのに、心から幸せを祈り、同じことを同じように感じることができる、私にとって、とても珍しい人です。

ほんとうはもっと大人らしくしっかりしていなくちゃいけないのですが、アイリーンちゃんがいると、まるで子どもみたいになって、年齢を超えておしゃべりしてしまいます。

これまで私はアイリーンちゃんの直感が外れたのを一回も見たことがないのです。とても稀有な大きい才能を持っている人だと思います。

一見とりとめのないこの対談ですが、このふたりの、デコボコしながらも真実を見つめようと目をこらして生きる純粋な姿勢だけは、世界に誇ることができます。

アイリーンちゃん、出会ってくれてありがとう。

この本をしっかり作るために、発売日をずらしてまで真摯に対応してくださった講談社の依田則子さん、何回も行われた対談に同行してくれた私のスタッフの井野愛実さん、ありがとうございました。

私たちの「今」、どんどん自分の原点を見つけだしていくこれからの成長の中での「たった今」を刻みつけることができて、とても嬉しいです。

この本を読んでくださったみなさんがもしも、「私にはどうもぴったりくる居場所がない」「どこにいてもなじめない」と思っているとしたら、そのモヤモヤからの突破口になり、周りにも愛と幸せをもたらすことができる力が湧いてくる、そんなきっかけになれる内容だったとしたら、感無量です。

先日、アイリーンちゃんがうちに遊びに来たときのこと、隣との境界に取り壊し予定の塀があり、私が「めんどうくさいんだよ、これを直さなくちゃいけなくて」と言ったら、すっと力のある声で「ああ、でもこれは直したほうがいいんじゃないですか？」とアイリーンちゃんが言いました。そのとたん、私の中に根づいていためんどうくささがすっかり消えたのです。

ああ、この人にはあのすばらしいお母さんの血が流れている。今、お母さんのベティさんがみんなにとってそういう存在であるのと同じに、アイリーンちゃんも、周りやお子さんたちの世代にとっての頼もしい存在になっていくのだ、と直感しました。

人は生まれ、成長の過程でいろいろな違うことにも出会い、年齢を重ねて経験をしていくあいだに、たったひとつの自分にとっての真実を見つけることができる。そしてそれを生きることで、周りにも力を与えることができる。

そういうものだと思います。

だれにとってもその旅が楽しいものでありますように。

吉本ばなな

Banana Yoshimoto

1964年、東京生まれ。日本大学藝術学部文芸学科卒業。87年『キッチン』で第6回海燕新人文学賞を受賞しデビュー。88年『ムーンライト・シャドウ』で第16回泉鏡花文学賞、89年『キッチン』『うたかた／サンクチュアリ』で第39回芸術選奨文部大臣新人賞、同年『TUGUMI』で第2回山本周五郎賞、95年『アムリタ』で第5回紫式部文学賞、2000年『不倫と南米』で第10回ドゥマゴ文学賞(安野光雅・選)を受賞。著作は三十数ヵ国で翻訳出版されており、イタリアで93年スカンノ賞、96年フェンディッシメ文学賞(Under35)、99年マスケラダルジェント賞、2011年カプリ賞を受賞している。近著に『切なくそして幸せな、タピオカの夢』『吹上奇譚 第二話 どんぶり』(ともに幻冬舎)ほか。

アメブロ「よしばな日々だもん」
https://profile.ameba.jp/ameba/yoshimotobanana
note「どくだみちゃんとふしばな」
https://note.mu/d_f

平良アイリーン

Irene Taira

1983年、東京生まれ。明治学院大学文学部卒業。2007年にホ・オポノポノと出会って以来、生活のあらゆる場面で実践中。現在はSITHホ・オポノポノ・アジア事務局広報担当として、日本をはじめアジア各国の講演会の際に講師に同伴し活動している。また、ヒューレン博士やKR女史のそばで学んだ自身の体験をシェアする講演活動を行っている。著書に『ホ・オポノポノジャーニー ほんとうの自分を生きる旅』、翻訳書に『ホ・オポノポノ ライフ ほんとうの自分を取り戻し、豊かに生きる』『ハワイの叡智 ホ・オポノポノ 幸せになる31の言葉』(すべて講談社)ほか。

SITHホ・オポノポノに関するお問い合わせ

［ホームページ］
http://hooponopono-asia.org/

［フェイスブック］
https://www.facebook.com/sithhooponopono.japan

［ツイッター］
@SITHhooponopono

［LINE］

ウニピリの
おしゃべり

ほんとうの
自分《じぶん》を生《い》きるって
どんなこと？

2019年 8 月19日　第 1 刷発行
2024年12月 3 日　第 7 刷発行

著　者　吉本《よしもと》ばなな
　　　　平良《たいら》アイリーン

イラスト　ウィスット・ポンニミット

ブックデザイン　アルビレオ

編　集　依田則子

発行者　篠木和久

発行所　株式会社講談社
〒112-8001 東京都文京区音羽2-12-21
電話　編集　03-5395-3522
　　　販売　03-5395-5817
　　　業務　03-5395-3615

KODANSHA

印刷所　株式会社新藤慶昌堂

製本所　株式会社国宝社

ISBN 978-4-06-514436-7　N.D.C.914.6　245 p　18cm　☆